Guy RAYNAU

LE VRAI

COUPABLE

Édition : Bod – Books on Demand

12/14 rond-point des Champs Elysées,

75008 Paris, France

Impression : Bod - Books on Demand, Norderstedt, Allemagne

ISBN : 9782322172269

Dépôt légal : avril 2019

Du même auteur

Meurtre à Rubeis Maceriis (avril 2014)
Roman policier - EDILIVRE

Un Cas d'école (mars 2015)
Roman policier - EDILIVRE

Coup de canif sur le Canigou (juin 2016)
Roman policier - BOOKS ON DEMAND

Les cailloux du Racou (janvier 2017)
Roman policier - BOOKS ON DEMAND

L'énigme de la plage de l'Art (juillet 2017)
Roman policier - BOOKS ON DEMAND

Marinade au goût amer (mai 2018)
Roman policier - BOOKS ON DEMAND

www.guyraynaud-romanspoliciers.fr

Prologue

La tour Madeloc – lundi 3 février 2014.

« AAAAh ! Qu'est-ce qu'il m'arrive ? »

À l'arrière de sa voiture, Stéphane Barrer, le pantalon sur les chevilles, émet un râle et plaque ses mains contre son torse afin d'arrêter l'hémorragie. Il vient de recevoir trois coups de couteau dans le thorax.

Un moment d'inattention de l'homme, surpris par l'arrêt d'une voiture à proximité, lui a été fatal.

La nuit est arrivée rapidement et une forte pluie accentue encore l'impression de désolation des lieux et résonne sur la carrosserie de la Scénic.

Mourir dans cet environnement lugubre le désole ! Même les volailles et les lapins qu'il découpe sur son billot connaissent une fin de vie plus douce.

Il observe ses doigts dégoulinants et rouges. Il crie et grimace, pourtant il sait qu'à cette heure, à proximité de la tour Madeloc, personne ne viendra le secourir. Il tâte sa poche : son portable a disparu.

Il va mourir seul dans cet endroit retiré où il est souvent venu en galante compagnie.

Il a une pensée pour sa fille chérie Emma. Pas pour sa femme qui n'a pas su le rendre heureux.

Le sang coule maintenant sur son ventre et sur le tissu du siège. Il respire avec difficulté et, de temps en temps, un hoquet rejette quelques projections d'un liquide rougeâtre. Un tremblement secoue son corps.

Combien de temps lui reste-t-il à vivre ?

Quelques secondes à peine !

Il baisse la tête et regarde en soupirant sa verge, vigoureux attribut aujourd'hui délaissé, mais qui lui avait apporté tant de conquêtes et de plaisir.

Il pousse un cri de rage et un dernier souffle l'emporte.

Chapitre I

Commissariat central de Perpignan – mardi 4 février 2014.

Aux alentours de 9 h 00, le commissaire Croussard entre en trombe dans le bureau de Christelle Limière :

— Réunion dans cinq minutes ! lance-t-il d'une voix forte et autoritaire.

Tout de suite, elle comprend : il veut voir toute l'équipe et l'affaire est sérieuse.

Installés autour de la table de travail, les enquêteurs ouvrent de grands yeux interrogateurs : la commandante Christelle Limière, la brigadière major Véra Weber récemment nommée à ce grade, le lieutenant Jacques Louche et le technicien Matthieu Trac.

Pas le temps de passer par la machine à café.

Il s'assoit et enchaîne rapidement :

— Tôt ce matin, un homme a été retrouvé mort à l'arrière d'une voiture, au pied de la tour Madeloc. Le procureur nous a confié l'enquête. Les gendarmes de Port-Vendres sont sur place et vous attendent. La police scientifique et le légiste ont été prévenus. J'ai noté l'adresse sur ce bout de papier. Vous me rendrez compte, commandante ?

— Bien sûr, commissaire.

Les explications de Roger Croussard ne pouvaient être plus concises. L'homme âgé de 48 ans, glabre, occupait ce poste depuis sept ans.

Les participants se lèvent et tous pensent la même chose : la journée sera longue et animée.

§

Au bureau des enquêteurs, la commandante Christelle Limière demande au technicien Matthieu Trac de rester à sa table de travail. L'immatriculation de la voiture lui sera communiquée et il pourra ainsi rechercher son propriétaire et ses antécédents judiciaires.

Par ailleurs, elle connaît la sensibilité de l'homme de 24 ans.

À la fin de l'année dernière, celui-ci a passé tous ses week-ends chez la brigadière major Véra Weber, sa voisine de bureau, divorcée et de 11 ans son aînée. Leur liaison a débuté en septembre 2013. Mais ce sont surtout leurs vacances de ski aux *Angles*, en décembre, qui ont conforté leur relation amoureuse, et la bonne entente de Matthieu avec Léa, sa fille de 6 ans, a fini de convaincre la policière. Cette famille recomposée baigne dans le bonheur et envisage maintenant de se regrouper dans un même logement.

Un lumineux soleil matinal les escorte jusqu'à la D86a. Depuis Port-Vendres, la Citroën C4 de Christelle Limière progresse lentement sur cette route étroite et dangereuse.

Trop concentrée sur sa conduite, la commandante ne remarque pas, sur sa droite, une magnifique vue du port où quelques bateaux de pêche déchargent leur cargaison, beaucoup plus maigre qu'il y a quelques décennies.

Sur un bas-côté de la route, un filet d'eau continu prouve que la nuit a été pluvieuse.

Un véhicule les suit. Dans son rétroviseur, elle reconnaît la Mégane de l'équipe de la scientifique. Avec beaucoup de difficultés, ils croisent une voiture de la gendarmerie.

La brigadière major Véra Weber observe qu'ils longent à présent une crête séparant d'un côté Port-Vendres, Argelès-sur-Mer et la côte sableuse, et de l'autre Banyuls-sur-Mer, ses vignobles à flanc de coteaux et la côte rocheuse. Quel panorama sublime !

« Il faudra venir avec Léa et Matthieu », pense-t-elle.

À chaque virage, la vue dégagée montre un nouveau site digne d'une représentation de carte postale.

Au fil de leur progression, ils se rapprochent de la tour Madeloc, édifiée au XIIIᵉ siècle en vue de la surveillance des attaques ennemies. Une époque où les hommes mourraient les armes à la main.

Au Col de Mollo, Christelle Limière ne ralentit pas et continue sur sa gauche. Plus haut, elle aperçoit plusieurs véhicules. En arrivant à leur hauteur, elle se gare derrière, en se serrant contre le flanc de la montagne.

Après avoir salué l'équipe de la police technique et scientifique, la commandante se rend avec elle sur les lieux du drame.

Tout en progressant, elle contemple la mer Méditerranée. L'environnement est magnifique. Devant tant de beauté, elle se fait une promesse : « Jamais je ne quitterai cette région. »

Elle note que la route continue vers Banyuls-sur-Mer. Elle ne doit pas être très passagère et nous ne sommes pas en période de vacances scolaires. Il faudra tout de même tenter un appel à témoins.

Une Scénic blanche, une portière arrière grande ouverte, est stationnée devant deux panneaux de sens interdit.

Instinctivement, elle regarde sa montre : 10 h 16.

Un adjudant-chef s'avance et communique les premières informations. La gendarmerie de Port-Vendres a été avertie tôt ce matin par un cycliste qui fera sa déposition en milieu de journée. Il n'a rien aperçu d'anormal aux alentours.

En semaine et en hiver, c'est une chance qu'un témoin se soit arrêté. L'enquêtrice veut en savoir davantage :

— Toutes les portes du véhicule étaient-elles fermées ?

9

— Oui, et la clé de contact est encore sur le tableau de bord. Celle-là, c'est moi qui l'ai ouverte, confirme l'homme en montrant ses mains gantées.

— Vous me ferez parvenir la déposition du cycliste ?

— Bien sûr.

Christelle Limière constate que Véra Weber, derrière la Renault, a déjà son portable en main. Le lieutenant Jacques Louche s'approche de sa supérieure :

— Ce n'est pas joli à voir ! Il a probablement reçu des coups de couteau. Peut-on commencer à fouiller les abords ?

— Oui.

Gantée, elle marche vers la voiture, s'appuie sur le montant de la portière arrière et analyse la scène. La victime, à demi-nue, la quarantaine, paraît corpulente. Sa chemise incarnate est ouverte et montre trois plaies cruentées où s'agglutinent des mouches noires et bruyantes.

Sa position à l'arrière du véhicule et sa négligence vestimentaire sans équivoque attestent que sa dernière occupation était d'ordre sexuel.

« Au moins, il est parti sur une impression agréable ! » pense-t-elle.

Elle entend marcher derrière elle et se retourne :

— Nous allons commencer notre travail, lance le responsable de la scientifique.

— Je vous laisse la place. Je vois un blouson à l'avant. Puis-je fouiller dans les poches ?

— Oui, répond-il en observant ses gants.

Elle en retire un portefeuille garni de quelques billets de banque, un carnet de chèques et un trousseau de petites clés. Pas de portable.

— Je remettrai tout ça à la veuve, annonce-t-elle en prenant connaissance du nom de la victime, Stéphane Barrer, et de son adresse.

Elle place ces éléments dans une poche en plastique.

Les techniciens avaient déjà enfilé leurs habits blancs et délimité la scène de crime. Elle les regarde ouvrir les autres portières de la voiture et, équipés de lampes à lumière bleue, ils s'affairent à l'intérieur.

Plus tard, le lieutenant Louche, la cinquantaine, le cheveu rare, s'avance vers sa supérieure :

— La scientifique a trouvé un portable et un grand couteau à viande sur le bord de la route, bien visibles.

Elle se retourne et aperçoit deux fiches numérotées, plantées dans la terre, contre la paroi de la montagne.

— J'espère que la pluie de cette nuit n'aura pas effacé les empreintes, s'inquiète la femme.

— Non, je ne crois pas. Les techniciens vont conserver ces pièces à conviction et ils nous les rendront avec leur rapport. Matthieu a confirmé qu'il n'est pas fiché. Les gendarmes de Saint-Genis-des-Fontaines ont reçu un appel téléphonique de sa femme hier soir, signalant sa disparition. L'adjudant de garde lui a demandé de patienter jusqu'à ce matin.

— Quelqu'un l'a prévenue ?

— Oui. Elle ne devrait pas tarder.

Le lieutenant s'éloigne.

Une voiture noire se gare derrière la Mégane. Une femme aux courts cheveux roux, serrant un mouchoir dans sa main droite, marche prestement sur la route et vient à sa rencontre. La peau de son visage est claire et quelques éphélides de couleur montrent la fragilité de son derme.

— Bonjour, Valérie Barrer. Je peux le voir ? dit-elle, la gorge serrée.

La voix est forte et cassée.

— Oui. Nous nous verrons après.

La nouvelle venue s'arrête au niveau de la porte arrière de la Scénic et met la main devant sa bouche. Elle est surveillée par les techniciens de la police scientifique.

Christelle Limière l'entend pleurer.

Trois minutes s'écoulent et la veuve revient vers la policière.

— Je suis la commandante Limière et je mène l'enquête. Veuillez accepter mes condoléances, madame !

— Merci.

— Pourrions-nous nous rencontrer chez vous aujourd'hui ?

— Bien sûr.

L'enquêtrice souhaite rapidement connaître dans quel environnement vivait la victime.

— En début d'après-midi ?

— Parfait, valide-t-elle en reniflant.

— Où travaillait-il ?

Elle découvre qu'il exerçait le métier de boucher dans une grande surface de Perpignan, dont Valérie Barrer donne le nom.

— Son responsable est prévenu ?

— Il m'a appelée tout à l'heure. J'ai seulement dit qu'il avait eu un accident de voiture.

— Ah !

Elle comprend qu'elle devra annoncer la mauvaise nouvelle au directeur du magasin. La veuve, les yeux remplis de larmes, se laisse envahir par un tas de questions.

— À tout à l'heure, émet la commandante.

Elle suit des yeux Valérie Barrer qui, la tête baissée, marche jusqu'à sa voiture.

Puis Christelle Limière se rapproche du responsable de la scientifique qui l'informe qu'elle recevra son rapport le lendemain en milieu d'après-midi.

Elle le remercie et entraîne Véra Weber et Jacques Louche vers la Citroën. En chemin, elle laisse le couple de policiers prendre un peu d'avance et sort son portable. Le commissaire doit être renseigné.

Elle lui décrit la scène de crime et le prévient qu'elle souhaite passer un appel à témoins dans *L'Indépendant,* même si cette route semble peu fréquentée.

Enfin elle joint Émilie Ingrat, son amie, et lui communique des informations pour son article. La journaliste en profite pour l'inviter à dîner ce soir. Tout à l'heure, en passant à proximité des criques de Porteils, elle avait eu une pensée pour Émilie : c'est là que leur relation avait débuté.

Arrivée à sa voiture, elle demande au lieutenant Louche de prendre le volant et elle s'installe à l'arrière en compagnie de la brigadière major.

La commandante sort le portefeuille de la victime et confie le carnet de chèques et le trousseau de clés à sa voisine. Les deux femmes examinent ces éléments. Elles ne trouvent aucun document ou lettre personnelle ayant un lien avec l'enquête. Toutefois, Christelle Limière place la carte d'identité dans sa poche.

De son côté, Véra Weber note les coordonnées de sa banque et tripote le trousseau :

— On dirait des clés de cadenas.

— Dans la réserve de la boucherie, les employés possèdent probablement un casier ou une armoire pour leurs effets personnels. Nous verrons ça tout à l'heure.

Tout à coup, en plein virage, Jacques Louche freine brusquement. Une voiture en face fait de même. Christelle Limière reconnaît son conducteur : le médecin légiste.

« Je l'appellerai dans l'après-midi », pense-t-elle.

Après les premières constatations sur le terrain, celui-ci fera transporter le corps de la victime dans ses locaux pour des analyses plus complètes.

§

Trois quarts d'heure plus tard, à l'accueil de la grande surface, deux jeunes et belles hôtesses, beaucoup trop maquillées, portant la même tenue, complotent en se trémoussant et en souriant.

La commandante Limière s'approche :

— J'aimerais parler à votre directeur, demande-t-elle en montrant sa plaque de policier.

Les rires s'envolent.

— Je l'appelle, dit l'une d'elles en se tournant sur le côté.

Plusieurs personnes proches leur lancent des regards en coin pleins de méfiance. Une vieille dame, attentive à la scène, fait demi-tour en poussant son caddie.

Les enquêteurs ne patientent pas longtemps.

De loin, au bout de cette longue allée, Christelle Limière le voit arriver, se dirigeant vers l'accueil. Sa démarche, son éternel rictus, la ressemblance est étonnante. Plus l'homme avance, plus elle s'en persuade : c'est lui. Tout de suite, son nom et le souvenir de leur rencontre accaparent son esprit.

À quelques mètres de l'accueil, le directeur s'immobilise en la fixant. Lui aussi doit se plonger dans son passé. Tout à coup, il sourit et tend la main :

— Bonjour Christelle.

Il ne l'a pas oubliée.

— Bonjour Basile, répond-elle, se remémorant leur connivence sur le GR10.

« Cela fait presque quatre ans ! » se dit-elle.

Autour d'eux, tous les dévisagent. L'enquêtrice est la première à réagir :

— C'est toi le directeur ?

— Oui, j'ai changé de métier.

— Peut-on parler dans ton bureau ?

— Bien sûr. Suivez-moi !

La femme sourit. « Comme le monde est petit ! »

Dans cette grande pièce, ils s'installent tous les quatre à une table de travail. S'adressant à ses collègues, la commandante parle de l'ancien métier de Basile Argos, guide de haute montagne, et précise leur rencontre sur le GR10[1], en omettant volontairement les tendres pulsions qui les avaient rapprochés.

Enfin, la policière lui apprend le meurtre de son boucher Stéphane Barrer dans sa voiture, au pied de la tour Madeloc. Le visage du directeur se décompose et il montre des yeux exorbités.

— Oh ! Sa femme est prévenue ?

— Oui.

— Je vais informer notre DRH et nos dirigeants. Si tu as besoin de mes services, n'hésite pas ! Tu peux compter sur moi pour faciliter ton enquête, promet-il.

— Merci. Les employés de la boucherie possèdent-ils un casier ou une armoire ?

— Oui. J'appelle le responsable Natan Esse afin qu'il t'aide.

---

[1] Guy Raynaud *Coup de canif sur le Canigou*

— Oh, c'est remarquable ! constate Jacques Louche en passant sa main sur son crâne dégarni.

« Ah ! Ça c'est fort ! pense-t-il. Un palindrome[2] dans le prénom et un autre dans le nom. Il ne manquerait plus que sa femme s'appelle Anna ! »

— Vous le connaissez, lieutenant ? demande sa supérieure.

— Heu… Non.

— Merci Basile, c'est gentil ! Nous reviendrons en milieu d'après-midi.

Elle se souvient de Basile Argos.

En ce mois de juillet 2010, sur le chemin de grande randonnée, leur séance amoureuse au gîte du Moulin de la Palette lui revient en mémoire.

Après le dîner, ils s'étaient promenés dans la forêt, autour du bâtiment, dans la pénombre du soir. La douceur de la température et les étoiles dans un ciel brillant les avaient incités à s'allonger sur un lit végétal. Une tendre attirance les avait alors entraînés vers la conquête du corps de l'autre.

Plus que des réminiscences, ce sont de merveilleux et agréables souvenirs qui la rattrapent. En y repensant, des frissons parcourent son épine dorsale. Sur le GR10, elle avait dû le quitter afin de poursuivre son enquête.

Nous possédons tous notre point faible, notre talon d'Achille contre lequel nous ne pouvons lutter. Elle avait trouvé le sien. Perdre le contrôle de soi fait de nous des êtres plus humains, sensibles et fragiles !

§

---

[2] Palindrome : mot ou groupe de mots qui peut se lire indifféremment de gauche à droite et de droite à gauche en gardant le même sens.

Le jeune responsable de la boucherie est souriant, et pas très grand. Il les conduit vers la réserve.

Une femme de blanc vêtue découpe des côtelettes sur un billot et les salue. Natan Esse montre la rangée d'armoires et désigne celle de Stéphane Barrer.

— Qu'est-il arrivé ? demande l'homme.

Christelle Limière confie les clés au lieutenant.

Elle l'attire dans un angle de la pièce et raconte le drame. Il met la main devant sa bouche et secoue la tête. Il montre un visage défait et paraît abasourdi par l'événement tragique.

— Comment... Mince, dit-il.

Elle suppose qu'il souhaiterait davantage d'informations. Il a compris que l'enquête débute.

— Venez voir, commandante ! apostrophe Jacques Louche dans son dos.

Natan Esse, le visage attristé, reste à l'écart.

Devant le casier grand ouvert, le lieutenant montre des médicaments alignés sur une étagère : une boîte de Guronsan, d'autres produits de la famille des antiasthéniques et deux cannettes de Red Bull.

— Oh ! s'exclame-t-elle en lisant les indications sur les boîtes.

Elle fouille le contenu du casier. Rien d'intéressant. Elle le referme et enfouit les clés dans la poche de son jean. Elle se retourne :

— Merci monsieur Esse. Nous reviendrons vous voir. Allons manger ! propose-t-elle à son groupe après avoir regardé sa montre.

§

Dans la galerie marchande, une pizzeria leur convient.

Les policiers s'installent. Ils décident de revenir interroger le responsable de la boucherie dans l'après-midi.

Après avoir avalé sa part de pizza, Christelle Limière demande leur avis :

— Quel est ton premier sentiment sur cette affaire, Véra ?

Chez la commandante, pas de diktat ! Elle veut l'assentiment de tous.

— La position et la tenue du boucher dans sa voiture paraissent très explicites : relation amoureuse et acte criminel au moment où l'homme s'y attend le moins. Il faut donc chercher parmi ses conquêtes, et, au vu de ses produits dopants, elles devaient être nombreuses. Les rapports de la scientifique et du médecin légiste orienteront nos prochaines investigations.

Les remarques de la brigadière major reflètent toujours beaucoup de pragmatisme.

— Qu'en pensez-vous, lieutenant ?

— Attention, il pourrait aussi s'agir d'un homme ! Avait-il des tendances homosexuelles ?

— Ses relations nous renseigneront, estime Christelle Limière.

Elle se frotte lentement les yeux en réfléchissant. C'était sa façon de s'isoler du monde extérieur afin de mieux se concentrer :

— Nous allons recevoir beaucoup d'informations, des données que nous devrons tous suivre en temps réel, comme les deux pièces à conviction trouvées sur la scène de crime et les éléments des rapports qui arriveront bientôt. Véra, je vais te confier une mission : sur une partie du support magnétique de votre bureau, tu vas créer un tableau que tu rempliras au fil de l'enquête. Ça nous permettra de ne rien oublier.

— Ok. Et sur l'autre partie du support ?

— Il sera consacré aux informations sur les suspects que le légiste et la scientifique nous communiqueront. Si l'un d'entre nous reçoit un renseignement important, il complétera le tableau.

— Très bien, valide Jacques Louche.

— Allons rendre visite à la veuve ! propose la commandante.

§

À Sorède, l'avenue de la Vallée Heureuse s'étire et s'enfonce vers le cœur des Albères.

Devant la maison de la famille Barrer, une Audi noire A1 et un jardinet bien entretenu les accueillent.

Valérie Barrer les fait entrer dans le hall. Elle montre une meilleure mine que ce matin, mais affiche tout de même un visage fatigué et des traits tirés, même si ses courts cheveux roux agrémentent son apparence.

Christelle Limière se souvient de ses cours de morphopsychologie. Ses lèvres pincées et son visage étroit la classent dans la catégorie des rétractées. Généralement, ces personnes introverties ne se préoccupent que d'elles-mêmes et sont assez secrètes. Pour vaincre sa prépondérance à la conservation, elle devra d'abord essayer « d'ouvrir » sa relation aux autres et la forcer à s'exprimer. Engager la conversation sur ses occupations professionnelles serait un excellent début.

Ils s'installent dans le salon.

Les enquêteurs détaillent les meubles et les bibelots de la pièce. Intérieur très lumineux, beaucoup de couleurs blanches et ivoire agrémentées de petites touches rouges par endroits. Un certain raffinement dans la décoration.

La commandante sort son enregistreur et appuie sur un bouton.

De la poche en plastique, elle sort le portefeuille de la victime, le carnet de chèques et le trousseau de clés qu'elle lui tend :

— J'ai préféré vous les apporter moi-même car ils peuvent contenir des documents personnels importants. Les clés sont celles de son casier professionnel à la boucherie. J'ai conservé sa carte d'identité que je vous rendrai plus tard.

— Ah oui ! Merci.

Afin d'occuper l'esprit tourmenté de la veuve, elle choisit de la questionner sur son travail. Valérie Barrer occupe la fonction de secrétaire commerciale dans un garage à Perpignan. Leur fille Emma, 12 ans, n'est pas encore prévenue du drame.

Une grimace apparaît sur son visage.

— Cela vous ennuie ?

— Ça risque d'être compliqué car Emma était très proche de son père.

« Elle sous-entend peut-être qu'elle-même n'était pas très complice avec son mari ! » pense le lieutenant Louche.

— N'hésitez pas à prendre des conseils auprès d'une psychologue pour enfant ! propose la brigadière major Véra Weber.

Valérie Barrer secoue la tête sans répondre.

— Nous menons cette enquête et nous devons vous poser quelques questions. Elles pourront vous sembler indiscrètes, mais notre seul but est de mieux connaître la victime, annonce Christelle Limière.

La veuve saisit son mouchoir et se frotte les yeux. Ce qui étonne sa vis-à-vis, vu que ceux-ci semblent secs.

— Depuis combien de temps étiez-vous mariés ?

— Quatorze ans.

— Quatorze ans ! répète l'enquêtrice en hochant la tête. Était-il fidèle ?

La question abrupte surprend la propriétaire qui ouvre grand ses yeux. Mais la femme rousse réfléchit vite : ils connaissent sûrement déjà le caractère volage de son mari. Elle ne doit donc pas mentir. Elle pense aussi à sa tenue dans la Scénic.

— La fidélité n'était pas son fort, répond-elle simplement.

Les enquêteurs apprennent que Stéphane Barrer quittait son domicile le matin vers 7 h 30 environ et rentrait le soir aux alentours de 21 h 00.

— Il ne revenait donc pas de la journée ?

— Non.

La commandante observe Véra Weber et Jacques Louche qui prennent des notes. Celui-ci pense que sa supérieure va se procurer ses horaires de travail afin de constater d'éventuelles périodes libres dans son emploi du temps. Et il a une petite idée de ses occupations durant ces moments-là.

Valérie Barrer a un rictus : elle aussi vient de comprendre la finalité de cette question insidieuse.

— Où étiez-vous hier soir ?

— Ici, avec Emma.

— Pas d'appel téléphonique qui pourrait valider vos dires ?

L'interviewée prend quelques secondes de réflexion.

— Si. J'ai parlé au téléphone avec ma sœur Simone de Béziers pendant une bonne demi-heure.

— C'est elle qui vous a appelée ?

La veuve ne peut mentir, car elle sait qu'ils feront des vérifications.

— Non, c'est moi.

— Sur votre portable ?

— Oui.

Christelle Limière aperçoit un poste fixe sur un guéridon, indispensable moyen de communication dans une telle circonstance.

— Pouvez-vous nous confier votre portable ?

— Bien sûr.

La propriétaire se lève et s'approche d'un meuble. Puis elle lui tend l'appareil et se rassoit.

— Autre chose. Votre mari avait-il des tendances homosexuelles ?

Elle s'est retenue pour ne pas éclater de rire, car les circonstances ne s'y prêtent pas.

— Non, sûrement pas.

Les policiers apprennent qu'il n'avait pas de passion particulière et qu'il a joué au rugby à Narbonne dans sa jeunesse.

— Une dernière question. Avez-vous pris une décision pour l'enterrement ?

Valérie Barrer se frotte les yeux.

— Il aura probablement lieu jeudi prochain dans l'après-midi.

Christelle Limière regarde le couple d'enquêteurs.

— Rien d'autre ! répondent-ils.

Elle jette un coup d'œil à sa montre, pense aux prochains interrogatoires et appuie sur un bouton de son enregistreur.

— Je vous remercie de vos réponses franches et veuillez nous excuser pour ces questions personnelles dans un moment aussi dramatique ! Nous vous rendrons votre portable et sa carte d'identité bientôt.

La veuve remue la tête et ils se lèvent.

§

Sur le chemin de la grande surface, la commandante Limière laisse le volant au lieutenant afin de téléphoner au commissaire Roger Croussard. Celui-ci paraît satisfait de ce début d'enquête et programme une réunion à son bureau en soirée.

Puis elle demande à Jacques Louche de les laisser devant la porte du centre commercial et de procéder à une enquête de proximité dans l'avenue de la Vallée Heureuse : recherche d'éventuels litiges de voisinage ou de faits surprenants concernant le couple.

Ils se donnent rendez-vous à l'accueil entre 17 h 30 et 18 h 00.

Les jeunes comploteuses ont perdu leur sourire et leur joie de vivre. La disparition du boucher Stéphane Barrer laisse des traces. Elles regardent silencieusement les enquêtrices franchir la porte automatique d'entrée, sans caddie, et les accompagnent tristement du regard.

Dans les allées, elles commencent à se repérer et se dirigent vers le rayon boucherie.

Christelle Limière remarque une caméra fixée au mur, en hauteur dans un angle. Elle fait un signe à Natan Esse, le responsable du rayon :

— Pourrions-nous vous parler dans un endroit tranquille ?

— Oui. Suivez-moi jusqu'à mon bureau !

La pièce est rudimentaire, encombrée de cartons et de cageots. Une table et trois chaises conviennent parfaitement.

Une fois installée, la commandante sort son enregistreur, l'active et entre dans le vif du sujet :

— Parlez-nous de Stéphane Barrer ! Son caractère, ses fréquentations et ses hobbys.

La brigadière major pose son carnet sur ses genoux. Les deux femmes constatent que l'interviewé hésite et patiente en se touchant le nez. Le silence se prolonge. Elles savent que la réponse ne va pas les satisfaire. Soudain, Natan Esse se décide :

— Il était accommodant, avenant et excellent vendeur. Ne buvait pas, ne fumait pas et il était apprécié de tous.

— Ça, c'est le bon côté ! Et l'autre ? intervient Christelle Limière.

Il pousse un long soupir et continue :

— Heu ! De toute façon, vous le découvrirez. Il était vraiment porté sur la gent féminine, clientes et employées.

« Avec tous ces médicaments dans son casier, il devait assurer ! » pense Véra.

— Avait-il des tendances homosexuelles ?

— Non, absolument pas ! J'ai eu le temps de l'observer et je vous assure qu'il n'était attiré que par les femmes.

— Quelles sont ses conquêtes au magasin ? questionne la commandante.

Le responsable de la boucherie observe autour de lui et son timbre de voix est plus faible :

— Une hôtesse de caisse, Édith, et Mylène, une employée du rayon surgelé.

— Pouvez-vous nous dire si elles travaillent en ce moment ?

Tout de suite, Natan Esse saisit son portable et appuie sur une touche. Ses vis-à-vis apprennent qu'Édith est présente aujourd'hui, mais c'est le jour de repos de Mylène qui sera à son poste demain.

L'enquêtrice sait que les espaces de travail sont souvent des lieux de rencontre. Combien de couples se sont connus à l'usine ou au bureau ?

— Et parmi ses clientes ?

L'homme reste évasif et signale qu'il ne pouvait surveiller tous ses contacts de clientèle.

— Autre chose sur lui ?

— Heu... Non.

Christelle Limière prenait aussi des notes sur son carnet. Tout à coup, elle se redresse :

— Il travaillait ici depuis longtemps ?

— Dix-huit ans.

Elle apprend que Stéphane Barrer avait débuté dans ce magasin à l'âge de 20 ans.

— Et vous ?

— J'ai 26 ans et j'occupe cet emploi depuis moins d'un an.

Elle écrit quelques mots sur son carnet. Quand un jeune homme prend le poste qu'un ancien convoitait, cela créait toujours des jalousies et des rancœurs.

— Je suppose que votre arrivée a fait des mécontents ?

— Oui, je n'étais pas le bienvenu.

Il précise qu'il subissait d'incessantes réflexions. Ses détracteurs ont aussi essayé de lui attribuer des erreurs et des maladresses, mais son directeur l'a toujours soutenu.

La commandante imagine que cette convoitise et cette tension au sein du service pouvaient être un excellent mobile. L'entente était loin d'être idyllique.

— Quels étaient ses horaires ?

— De 8 à 13 h 00, et de 16 à 20 h 00.

— Il bénéficiait donc de beaucoup de temps libre en milieu de journée !

— Oui.

Véra Weber complète l'idée de sa supérieure :

— Avez-vous un système de pointage ?

— Oui. Notre DRH, Vanessa Place, vous informera à ce sujet.

— Une vidéo de surveillance ?

— Oui, bien sûr, comme dans toutes les grandes surfaces. Elle vous en parlera aussi.

— Merci pour ces informations ! conclut Christelle Limière.

Les enquêtrices se lèvent.

§

À l'accueil, la commandante demande à parler à Vanessa Place. Une des hôtesses les conduit à son bureau.

La porte s'ouvre et la directrice des relations humaines leur fait signe d'entrer, son téléphone collé à l'oreille. Elle murmure quelques mots à son correspondant et appuie sur une touche de son portable.

Les présentations sont faites. La policière lui donne à peine 25 ans. Ce sont surtout ses grands yeux verts que l'on remarque en premier. Son visage montre de la douceur, et ses courts cheveux blonds la rajeunissent davantage.

La pièce est spacieuse et une plante verte occupe tout un angle. Elle se montre tout de suite bienveillante :

— N'hésitez pas à me poser des questions ! Si je peux vous aider dans votre enquête, je le ferai avec plaisir.

Christelle Limière imagine que son directeur l'a prévenue.

— Merci. Nous allons interroger quelques salariées de votre magasin. D'abord, pouvons-nous avoir accès aux heures de pointage de Stéphane Barrer lors de ces quatre dernières semaines ?

Sans répondre, Vanessa Place décroche son téléphone fixe. Les instructions sont passées, probablement à sa secrétaire.

— Vous aurez ces informations dans une demi-heure.

— Merci. Ensuite, j'ai remarqué que vous aviez des caméras de surveillance dans tous les rayons. Celle qui capte la file d'attente devant la boucherie nous intéresse particulièrement. Pouvons-nous la visionner ?

— Bien sûr. Allons au bureau de la sécurité ! répond-elle en se levant.

La directrice des relations humaines paraît grande. Elle est vêtue d'une courte jupe rouge et d'un corsage blanc.

Plus tard, dans la petite et encombrée salle de surveillance, beaucoup trop sombre, un jeune homme en habit noir, barbu, se lève à leur arrivée.

— Je vais vous abandonner. Si vous avez besoin d'autre chose, je suis à votre disposition, prévient Vanessa Place en se dirigeant vers la porte.

— Merci. En partant, nous prendrons ses fiches de pointage à l'accueil.

— D'accord.

La DRH quitte la pièce.

L'agent de sécurité écoute attentivement la demande de l'enquêtrice, puis précise :

— Nous conservons les films pendant quinze jours. Ce sont les termes du contrat passé avec le directeur. Vous savez que vous devez nous présenter une réquisition signée par le procureur de la République pour obtenir ces enregistrements ?

— Ah oui !

Encore sous la surprise de ses retrouvailles avec Basile Argos, le directeur de la grande surface, Christelle Limière avait oublié cette obligation. Elle sort de la salle et téléphone au commissaire Croussard qui lui promet de faire le nécessaire.

— Nous reviendrons demain matin avec le document. Merci. À demain, dit-elle avant de sortir de la pièce.

Les deux femmes se dirigent vers l'accueil.

Dans les allées du magasin, tout en marchant, la commandante fait le point sur les personnes entendues :

— Nous avons vu la veuve, le directeur, la directrice des relations humaines et la sécurité. Nous allons rencontrer Édith, l'hôtesse de caisse, une des deux conquêtes de la victime dans le cadre de son travail. Demain matin, nous interrogerons Mylène et nous repartirons avec les vidéos de ces quinze derniers jours sur l'ensemble du magasin.

Elle comprend qu'elle devra retracer le trajet des connaissances de Stéphane Barrer dans les allées de la grande surface.

La brigadière major Véra Weber a l'impression qu'une course contre la montre s'engage. Elle sait aussi que les premières heures d'une enquête sont primordiales : il faut tout voir, tout contrôler et ne rien oublier.

L'hôtesse de caisse Édith, petite femme d'âge mûr aux longs cheveux noirs, le visage empreint de tristesse, habillée sobrement d'un jean et d'une blouse, montre quelques ridules au coin des yeux. Elle assure son remplacement, quitte sa caisse et les guide vers l'étage supérieur, en passant par la réserve.

Devant les policières, elle marche à bonne allure, un mouchoir serré dans sa main droite.

Elles s'installent dans une petite pièce meublée d'un bureau usagé et de trois chaises.

Christelle Limière pose son enregistreur sur la table et l'active :

— Savez-vous pour Stéphane Barrer ?

— Oui. Tous les salariés ont été informés.

— Vous le connaissiez bien, je crois ?

— Oui, nous avons eu une liaison durant quelques semaines.

Édith avait répondu sans aucune hésitation. Sa faible voix est douce et elle parle lentement. Elle se frotte les yeux avec sa main libre et respire profondément.

— Où vous rencontriez-vous ?

Court silence.

L'hôtesse de caisse indique qu'il venait chez elle entre 13 h 30 et 15 h 30 tous les deux ou trois jours, quand leurs horaires de travail le permettaient. C'est Stéphane qui l'appelait.

« Donc selon ses envies », pense la brigadière major.

Sa main droite serre le mouchoir encore plus fort, et ses yeux s'emplissent de larmes. Les sentiments passionnés ressurgissent. L'hôtesse de caisse aura beaucoup de mal à l'oublier.

Les enquêtrices découvrent qu'elle a 42 ans et qu'elle est divorcée sans enfant.

— Et il vous a quittée ?

— Heu... Oui, répond-elle en reniflant. Je savais qu'il n'était pas fidèle.

Édith se frotte les yeux.

— Où étiez-vous hier soir ?

Elles apprennent qu'elle est restée chez elle, et n'a ni passé ni reçu d'appel téléphonique pouvant confirmer sa présence.

— Que pouvez-vous nous dire d'autre sur Stéphane Barrer ?

— Il était ambitieux et l'arrivée de Natan Esse l'a beaucoup contrarié. Il était vraiment agréable, doux et je ne lui trouvais que des qualités. Et il connaissait si bien les femmes ! confie-t-elle, plus pour elle-même que pour ses vis-à-vis.

La commandante constate qu'elle le mettait sur un piédestal. Son affliction est trop forte : elle s'effondre sur la table. Cette abréaction paraît naturelle.

Quelques secondes plus tard, elle se redresse.

— Excusez-moi de vous poser cette question, madame, mais savez-vous vers qui il s'est tourné après votre séparation ?

Elle s'essuie encore les yeux avec son mouchoir trempé.

— Il a été vu avec Mylène, du rayon des surgelés. Forcément, elle est beaucoup plus jeune que moi.

Les policières prennent des notes. Les réponses d'Édith sont tellement spontanées qu'elles n'imaginent pas une seconde que l'hôtesse de caisse pouvait leur mentir.

— Autre chose sur la victime ? demande Christelle Limière.

— Oui. Je ne comprends pas qu'on puisse lui en vouloir au point de le tuer. Retrouvez vite l'assassin et j'espère qu'il passera le reste de sa vie en prison ! Je ne vois rien d'autre à vous dire.

— Merci madame.

Elles quittent la pièce en silence.

Christelle Limière et Véra Weber se dirigent vers l'accueil où le lieutenant Louche les attend. La brigadière major se saisit de l'enveloppe contenant les feuilles de pointage de la victime. La commandante lui demande de les étudier et de noter les éléments révélateurs.

Dans la Citroën, Jacques Louche les informe que leurs voisins de l'avenue de la Vallée Heureuse se sont aperçus que le couple Barrer ne s'entendait plus. À une amie, Valérie avait confié que le comportement de Stéphane envers les femmes la mettait tous les jours très en colère et qu'elle pensait depuis longtemps au divorce.

Une autre voisine, apparemment seule chez elle, lui a avoué que l'homme passait son temps à parler aux clientes et à les séduire. Continuant de l'interroger, le lieutenant s'est aperçu que beaucoup de jalousie transpirait de ses propos.

§

Au commissariat, la policière remet le portable de la veuve au technicien Matthieu Trac et lui demande de le mettre sur écoute. Elle sait que le procureur ne s'y opposera pas.

Puis elle téléphone au médecin légiste qui lui apprend que son rapport lui parviendra jeudi en fin de matinée.

L'équipe d'enquêteurs se dirige vers le bureau de Roger Croussard. La commandante constate que le commissaire s'impatientait.

Entourée de la brigadière major Véra Weber, du lieutenant Jacques Louche et du technicien Matthieu Trac, Christelle Limière raconte succinctement les premiers entretiens, sans trop s'attarder sur les personnes interrogées. Elle attend des informations plus précises pour émettre des opinions personnelles et tranchées.

Elle programme les investigations du lendemain :

— Avec le lieutenant, nous irons chercher la réquisition afin de nous procurer la vidéo de la grande surface. Puis, nous interrogerons Mylène, la deuxième connaissance de la victime dans le magasin, pendant que Véra vérifiera le compte bancaire de la famille Barrer. Matthieu établira les rapports de cette journée et analysera le portable de la veuve.

— Je vais m'occuper des demandes, lance Roger Croussard.

Il est près de 18 h 30 quand ils quittent le bureau du commissaire.

À sa table de travail, la commandante repense à cette première journée d'investigation.

La visite chez la veuve lui laisse une impression mitigée. Elle n'a pas trouvé Valérie Barrer très peinée. Mais elle sait aussi que les maîtresses et les amants possèdent toujours le meilleur rôle, celui du plaisir. Les femmes et les maris trompés subissent les soucis de tous les jours. Dans le cas présent, le manque de tristesse de Valérie peut s'expliquer par une colère exacerbée, conséquence d'un mari infidèle qui ne cachait d'ailleurs pas ses écarts de conduite.

L'enquête de voisinage a montré que l'entente du couple s'est détériorée ces derniers temps. Ce qui n'a rien de surprenant.

Son travail d'enquêtrice consiste aussi à comprendre les relations familiales et à découvrir d'éventuelles tensions au sein des couples.

Tromperie, jalousie et vengeance sont souvent sources d'actes répréhensibles. La nature humaine est ainsi faite.

Est-ce la mésentente du couple qui a poussé le boucher à se tourner vers d'autres femmes, ou bien les conquêtes de l'homme sont-elles à l'origine de leur désaccord ?

Et Basile Argos. Ah ! Les merveilleux souvenirs suscités par cette rencontre fortuite la comblent. Dans ses moindres détails, elle se souvient de cet agréable moment passé ensemble. Elle se rappelle que c'est elle qui avait fait le premier pas quand ils se reposaient tous les deux, allongés dans l'herbe, après une journée de marche. Et il n'avait pas résisté. Elle se dit qu'il faut toujours profiter des circonstances agréables que le destin vous propose.

Elle regarde sa montre et constate qu'elle a juste le temps de rentrer à son appartement, prendre une douche, changer de vêtement et honorer l'invitation de son amie Émilie Ingrat.

Avant de partir, elle confie son enregistreur à Matthieu.

Chapitre II

Hier soir, Christelle Limière est rentrée chez elle vers 23 h 00. Chez la journaliste, elle n'a pas été très loquace sur l'avancée de son enquête et a tu sa rencontre avec Basile Argos. Elle a surtout laissé s'exprimer ses sentiments et ses désirs.

À son bureau, ce mercredi 5 février, elle déplie *L'Indépendant.* Elle lit l'appel à témoins qui donne son numéro de portable. Il est positionné sous l'article d'Émilie retraçant la découverte macabre de Stéphane Barrer : l'emplacement est idéal. Elle connaît la compétence professionnelle de son amie.

La policière a préféré s'occuper de l'annonce dès le lendemain de l'assassinat, car elle sait qu'avec le temps les souvenirs s'estompent.

Sur sa table de travail, elle trouve le rapport du cycliste arrivé le premier sur les lieux. Elle le parcourt. Rien de nouveau. Elle le remet à la brigadière major Véra Weber venue la saluer, afin qu'elle le diffuse aux autres enquêteurs.

Puis elle se rend au service informatique et exprime sa volonté d'enregistrer les vidéos de toutes les caméras d'une grande surface durant ces quinze derniers jours. Le technicien lui remet un disque dur extérieur à très grande capacité de stockage. Elle en profite pour emprunter un magnétophone.

En compagnie de Jacques Louche qui emporte le nécessaire pour les prises d'empreintes digitales et ADN, la commandante rend une visite éclair à l'adjoint du procureur et prend la direction de la grande surface.

§

Dans l'allée principale du centre commercial, son portable sonne :

— Commandante Limière. Bonjour.

— Bonjour. Je téléphone pour l'appel à témoins.

Elle s'assoit dans un fauteuil tout proche. Elle appuie sur son enregistreur qu'elle tient dans l'autre main et l'approche de son visage.

— Je vous écoute.

— Je suis passé en voiture en bas de la tour Madeloc lundi soir en me dirigeant vers Banyuls. La Renault, garée à cet endroit en pleine nuit et sous une pluie battante, m'a beaucoup surpris. D'habitude, il n'y a aucun véhicule à cette heure-là.

La voix masculine est forte et le débit limpide, sans aucune hésitation.

Silence. L'enquêtrice patiente pour que le témoin se livre un peu plus.

— En passant à proximité, j'ai ralenti, mais dans le noir et avec la pluie sur les vitres, je n'ai rien vu.

— Ah !

— Il y avait d'ailleurs une autre voiture, un peu plus bas, au Col de Mollo.

— Avez-vous aperçu sa marque, sa couleur, son immatriculation ?

— Non, rien de tout ça, car la pluie redoublait. J'ai juste remarqué que c'était une petite voiture claire, pas un SUV ou un 4x4.

— Quelle heure était-il ?

— Aux alentours de 19 h 00.

La policière comprend que la nuit et l'orage ne lui avaient pas permis d'en voir davantage.

— Merci d'avoir téléphoné ! Pourrait-on se rencontrer pour votre déposition ?

— Bien sûr.

Le correspondant communique son nom et ses coordonnées que Christelle Limière note. Un rendez-vous est pris en soirée, au commissariat.

Elle raccroche et, assise, complète ses écrits.

Le lieutenant Jacques Louche a suivi la conversation de sa supérieure, qui veut agir vite :

— Nous donnerons la réquisition et le disque dur à l'agent de sécurité et nous irons observer autour de l'emplacement où était garée cette petite voiture, au Col de Mollo. Peut-être trouverons-nous des traces, des indices comme des mégots de cigarette !

Plus tard, ils quittent le centre commercial et foncent vers la tour Madeloc.

Dans la Citroën, elle se réjouit de la déclaration de ce témoin oculaire. La présence de ce petit véhicule de couleur claire attise sa curiosité.

D'autres témoins se manifesteront peut-être.

Aujourd'hui, au Col de Mollo, le vent s'est renforcé et, à l'emplacement indiqué, aucune voiture ne stationne.

La commandante se gare à l'écart. Durant plus d'une demi-heure, le couple d'enquêteurs ratisse les lieux en recherchant au sol un hypothétique mégot, quelques empreintes de chaussures ou de pneus.

Le lieutenant Louche s'aventure sur les chemins de randonnée alentour et sur les routes en examinant les bas-côtés.

Rien ne retient leur attention.

Ils reviennent au centre commercial.

§

Christelle Limière et Jacques Louche se dirigent vers l'accueil.

Manifestement, Mylène, l'employée du rayon des surgelés et connaissance de la victime, ne s'attendait pas à être entendue par la police nationale.

Tous les trois montent à l'étage et pénètrent dans un petit bureau que Basile Argos, le directeur, leur a attribué.

En face du couple de policiers, la jeune fille accorte, la mine déconfite, paraît tendue. Elle doit être âgée d'à peine 20 ans. Elle arbore une vilaine grimace. Les enquêteurs supposent que la perte de son ami en est la cause.

Le lieutenant prend ses empreintes digitales et passe un coton-tige dans sa bouche, pendant que sa voisine utilise l'appareil photo de son portable.

— Pourriez-vous nous montrer votre carte d'identité ?

— Oui. Voici.

— Lieutenant, essayez de trouver une photocopieuse pour un recto-verso !

— D'accord, répond l'homme en se levant.

Christelle Limière en profite pour détailler Mylène : grande, blonde décolorée aux cheveux mi-longs, un visage rond et une silhouette attrayante. Elle est mignonne. Dommage qu'elle montre cet air bougon ! Elle semble intimidée, fébrile et peu sûre d'elle.

Jacques Louche revient.

Le magnétophone est posé sur la table et il est activé. La commandante commence l'interrogatoire :

— Je suppose que vous êtes au courant pour Stéphane Barrer ?

— Oui, répond-elle faiblement.

— Vous le connaissiez même très bien, je crois ?

— Oui.

— Parlez-nous de votre relation !

Le silence s'éternise. L'employée baisse la tête et se tait. Au bout de deux minutes, l'enquêtrice se lève et sort une paire de menottes de sa poche :

— Nous vous plaçons tout de suite en garde à vue pour obstruction à une enquête policière.

— Attendez ! Je vous explique. Oui, nous avons été ensemble durant quelques semaines. Et, dernièrement, il a souhaité que l'on cesse de se voir.

Le son de sa voix et son regard implorant révèlent de l'inquiétude. Christelle Limière s'assoit et pose les menottes sur la table.

— Pour quelle raison ?

Nouveau silence. L'enquêtrice touche les menottes.

— Je ne sais pas. Je l'ai très mal vécu. Et lundi dernier...

Le couple de policiers se dévisage, persuadé qu'elle va avouer son crime. Les secondes s'égrènent, interminables.

— Le matin, je suis allé le voir à la boucherie.

— Pourquoi ?

— J'ai voulu lui donner un rendez-vous pour que nous puissions nous expliquer.

— Ah !

— Il a refusé.

— Et qu'avez-vous fait ?

— Le soir, je suis revenu le voir vers 16 h 30.

La jeune fille regarde les menottes.

Tout à coup, elle s'effondre sur la table et pleure. « Elle simule », pense le lieutenant. Mylène relève la tête, sort un mouchoir et essuie ses yeux sans larme.

— Que faisiez-vous le lundi 3 février en soirée ?

— J'étais chez mes parents.

— Donnez-nous leurs coordonnées !

Leur adresse et leur numéro de téléphone sont notés.

— Puisque vous habitez encore chez vos parents, où vous rencontriez-vous régulièrement avec Stéphane Barrer ?

— Il connaît un endroit retiré dans la montagne.

La commandante a une prémonition.

— Où ?

— En bas de la tour Madeloc.

Nouveaux regards frappés d'étonnement des enquêteurs.

— Ça se passait donc dans sa voiture ?

— Oui, à l'arrière de la Scénic.

« Le même lieu et les acteurs au même emplacement ! Que de coïncidences ! » pense Jacques Louche.

— À quelle heure aviez-vous rendez-vous habituellement ?

— Pendant sa pause, en début d'après-midi.

Les policiers suspicieux s'observent à nouveau.

Christelle Limière ne veut pas aller trop vite. Elle préfère tout vérifier.

— Pouvez-vous nous confier votre portable ?

— Oui. Tenez !

Tout de suite, le lieutenant remarque qu'elle le tient dans sa main droite. Il sait que les médecins légistes sont souvent capables de certifier dans quelle main le meurtrier tenait l'arme.

— Nous vous le rendrons bientôt. Merci pour ces informations. Ne quittez pas Perpignan, nous pouvons encore avoir besoin de vous entendre !

L'interrogatoire prend fin.

La commandante constate que les sentiments envers la victime sont discordants : entre l'hôtesse de caisse délaissée mais encore éprise, et la jeune femme rancunière et vindicative, il existe un fossé abyssal.

Dans le couloir, le groupe croise Basile Argos. Laissée seule, Mylène descend l'escalier pour reprendre son poste.

— Je vais récupérer le disque dur et je vous attends à l'accueil, lance, prévenant, Jacques Louche.

Dans le bureau du directeur, les deux complices se rappellent les bons moments passés sur le GR10, ainsi que les noms des randonneuses et des randonneurs charentais.

De larges sourires éclairent leurs visages : tous les deux semblent vraiment ravis de partager ces souvenirs.

Il lui propose de continuer cette conversation ce soir dans un restaurant : elle accepte et lui donne son adresse. Un rendez-vous est fixé à 20 h 00.

Elle quitte son bureau, heureuse de revoir son ami en fin de journée.

Elle retrouve le lieutenant à l'accueil.

Le couple d'enquêteurs prend le temps de grignoter un sandwich dans un bar à proximité.

Puis ils retournent au commissariat.

§

Il est un peu plus de 14 h 00 lorsque Christelle Limière pousse la porte de son bureau. Le rapport du service technique et scientifique l'attend.

En arrivant, elle a remis le portable de Mylène et le disque dur au technicien Matthieu Trac.

Ce dernier lui a par ailleurs confirmé que la veuve avait bien téléphoné à sa sœur Simone de Béziers lundi soir, entre 18 h 41 et 19 h 18.

À proximité, Véra Weber signale que le compte bancaire des époux Barrer ne présente aucune anomalie. Sa supérieure remarque qu'elle analyse maintenant les feuilles de pointage de la victime.

La commandante parcourt le rapport de la scientifique en soulignant les informations susceptibles de faire avancer son enquête. De temps en temps, elle s'exclame :

« Ah, intéressant ! »

Plus tard, Christelle Limière pénètre dans le bureau des enquêteurs. Tout de suite, elle constate que le tableau magnétique est bien rempli.

— Nous avons reçu le rapport de la scientifique, lance-t-elle.

Tous lèvent les yeux et attendent, impatients de connaître ces importantes informations, souvent à l'origine de l'orientation des investigations.

— Voilà ceux des interrogatoires d'hier, annonce Matthieu en lui tendant les documents.

— Merci. Tu en feras une copie pour chacun ?

— C'est déjà fait, précise Véra.

La commandante reste debout, peut-être pour donner plus d'importance à son discours.

Elle commence par les informer de l'appel du témoin oculaire et de l'interrogatoire de Mylène.

— Je ferai un écrit sur ces deux faits importants.

Elle regarde le rapport sous ses yeux et le commente :

— Sachez d'abord que l'heure du drame, d'après ce témoin, serait de 19 h 00 environ. Le corps dans la voiture n'a pas été bougé. Les prélèvements sur le volant et le levier de vitesse correspondent à ceux de la victime. Pas de trace ADN sur ses parties génitales et sur son visage. Donc les techniciens pensent qu'il n'y a eu ni préliminaire ni acte sexuel. Les empreintes digitales trouvées à l'intérieur de la voiture ne sont pas celles d'individus de notre fichier national. Comme d'habitude, nous prendrons celles de toutes les personnes que nous interrogerons. Lieutenant, vous suivrez ça ?

— Bien sûr.

— Ah ! Le plus important : des cheveux bruns ont été trouvés sur le siège arrière de la voiture, à l'emplacement qu'occupait la présumée meurtrière.

— Très intéressant, souligne Jacques Louche.

— Les techniciens ont défini la trace ADN et ont comparé avec celles stockées dans leur banque de données régionale, sans résultat positif. Ils étendront leurs recherches plus tard et nous préviendront si ça « matche ». Ils ont aussi découvert des fibres de tissu de couleur bleue, toujours sur le siège arrière de la Scénic, à côté de la victime, provenant probablement d'un pantalon ou d'une jupe. Ils ne sont pas sûrs à cent pour cent que cette trace date du jour du drame. Mais nous devons tout de même explorer cette piste. Lors des prochaines perquisitions, pensez à vérifier le contenu des dressings !

— D'accord.

L'enquêtrice fait une pause.

— Le sang sur le couteau retrouvé proche du véhicule appartient bien à la victime. Pas d'empreinte sur le manche de l'arme. Les techniciens assurent qu'il s'agit d'un couperet couramment utilisé par les bouchers.

— Et le portable ? questionne Véra.

— Ils ont pu analyser les empreintes sur le téléphone trouvé dans l'herbe : ce sont exclusivement celles de Stéphane Barrer. Ils nous l'ont remis afin que Matthieu relève les appels et les SMS. Des questions ou des remarques ? Lieutenant ?

— La probable meurtrière a pris beaucoup de précautions et elle devait porter des gants pour ne laisser aucune trace. Ensuite, l'arme et le portable ont été abandonnés près de la scène de crime bien en évidence, afin d'être rapidement retrouvés. Un peu comme une fausse piste.

— Bien sûr.

— Nous ont-ils envoyé des photos de l'arme blanche ?

— Oui. Les voilà ! répond-elle en les distribuant.

— Il faudra les montrer aux employés de la boucherie de la grande surface, continue Jacques Louche en détaillant le cliché.

— Oui, c'est prévu. La répartition du travail maintenant ! Le lieutenant et la brigadière major vérifieront l'emploi du temps de Mylène auprès de ses parents. Pour Édith, l'hôtesse de caisse, qui n'a pas d'alibi au moment de l'assassinat, patientons en attendant le rapport du légiste ! Pendant ce temps, Matthieu analysera les vidéos du magasin et observera les clientes qui discutent avec Stéphane Barrer.

— Ok.

Christelle Limière fixe le jeune homme :

— Et tu feras un montage des scènes où il apparaît en charmante compagnie. Si le travail est trop important, fais-toi aider par ton ami Kévin !

— D'accord.

— Des questions ?

— Non.

La commandante quitte le commissariat et se dirige vers le centre commercial.

§

Devant la boucherie, elle constate que Natan Esse, le responsable, sert une cliente. Il la remarque et fait un petit signe de la tête.

Quelques minutes plus tard, il la conduit à son bureau.

À peine assise, Christelle Limière sort les photos de l'arme du crime et les étale sur la table. Elle n'a pas le temps d'ouvrir la bouche qu'il s'écrit :

— Oh ! Mais où l'avez-vous trouvé ?

— C'est le vôtre ?

— Oui.

— Vous en êtes sûr ?

— Oui. Regardez cette marque noire sur le manche !

— Quand l'avez-vous perdu ?

— Lundi dernier, je m'en suis servi le matin. Et l'après-midi, il avait disparu.

— Avez-vous une idée du voleur ?

— Non, mais ils m'ont tellement fait de blagues !

Un grand silence s'installe. Elle le fixe quelques secondes intensément et il comprend :

— Non ! Ne me dites pas qu'il a servi à... Non, ce n'est pas vrai !

— Si. Parlez-moi de vous !

Natan Esse met du temps à digérer l'information. Il patiente, les mains sur son visage.

Elle se souvient qu'il a 26 ans et que son entente avec ses collègues n'est pas très cordiale. Elle apprend qu'il est marié, sans enfant et habite Perpignan.

La policière réfléchit quelques secondes. Au regard du climat délétère qui règne dans ce service, elle préfère prendre des précautions :

— Je souhaite vous entendre rapidement au commissariat. Vous devriez appeler votre directeur et me le passer, suggère-t-elle.

Il s'exécute et lui tend son portable.

— Bonjour. Tu es à ton bureau ?

— Oui.

Le tutoiement surprend le responsable de la boucherie.

— Je souhaite te voir maintenant avec Natan Esse.

— Je vous attends.

Deux minutes plus tard, en face de Basile Argos, elle étale les photos sur sa table de travail :

— C'est l'arme du crime et aussi… le couteau de ton salarié.

— Oh !

— Il a disparu lundi matin, se défend le suspect.

— Tu l'as signalé à la sécurité ?

— Ben… Non.

— Je suis tenue de l'amener au commissariat pour l'interroger.

— Je préviens Vanessa, dit le directeur.

La commandante s'immobilise un instant. « Ah oui ! Vanessa Place, la DRH. »

Pendant qu'il appuie sur quelques touches de son téléphone, l'enquêtrice se réfugie dans un angle de la pièce, sort son portable et informe le commissaire Croussard. Celui-ci propose de lui envoyer une voiture : elle refuse.

En sortant de la pièce en compagnie de Natan Esse, elle fait un petit signe à Basile Argos, qui a toujours la main sur l'oreille.

Quand ils arrivent au rayon boucherie afin que l'homme quitte sa blouse blanche et enfile sa veste, elle devine des sourires en coin sur les visages des employés présents.

« Il n'a pas dû avoir la vie facile ! » pense-t-elle.

Elle lui conseille de prendre sa voiture et de la suivre.

L'homme lui a paru tellement sincère dans ses réponses qu'elle n'hésite pas une seconde à lui faire confiance.

Au commissariat, les empreintes digitales et ADN, les photos de son visage effectuées, le responsable de la boucherie patiente dans une salle d'interrogatoire, un gardien à ses côtés. Son portable lui a été retiré et il a été confié au technicien Matthieu Trac pour analyse.

Pendant ce temps, dans le bureau du commissaire, Christelle Limière exprime ses doutes devant les arguments avancés par Natan Esse, même si sa surprise paraît sincère à la vue des photos de son couteau. Mais pouvait-il en être autrement ?

Puis tous les deux pénètrent dans la salle d'interrogatoire. Roger Croussard se présente pendant que l'enquêtrice brune pose son enregistreur sur la table.

Le suspect montre son étonnement et fixe intensément le commissaire.

Comme d'habitude, celui-ci prend la parole :

— Quelle était la nature du conflit qui vous opposait à Stéphane Barrer ?

— Ce n'était pas un conflit ouvert, mais plutôt des pièges que l'on me tendait et des réflexions désobligeantes.

— Les deux personnes qui sont aujourd'hui à la boucherie étaient évidemment du côté de la victime ? questionne la commandante.

— Bien entendu.

L'homme se détend un peu, mais il sait que les apparences sont contre lui : l'arme du crime et le mobile, ça fait tout de même beaucoup. Des prévenus ont passé plusieurs années en prison pour moins que ça.

— L'assassinat a eu lieu lundi soir, je crois ? demande l'interviewé.

Elle secoue la tête.

— Après mon travail, lundi dernier vers 20 h 30, je suis rentré directement chez moi. Ma femme vous le confirmera.

Christelle Limière sourit : elle sait qu'il n'est probablement pas l'assassin. Les médias ne savent pas encore que les policiers recherchent une femme, même si une confirmation devra lever les derniers doutes.

— La déposition d'une parente aussi proche n'a pour nous aucune valeur, informe Roger Croussard.

— De toute façon, vous ne pourrez pas l'interroger avant mercredi prochain, car elle s'est déplacée à New York pour rencontrer son frère et sa belle-sœur. Ashley doit accoucher en fin de semaine.

— Quand est-elle partie de Perpignan ?

— Mardi matin.

« Elle a donc eu le temps de perpétrer son forfait lundi soir », imagine l'enquêtrice.

— Sortons deux minutes, commissaire !

Dans le couloir, elle fait une proposition à son supérieur :

— Nous ne pourrons pas interroger sa femme avant la semaine prochaine. Mais je souhaite tout de même faire une perquisition à son domicile.

Elle regarde sa montre et pense à la venue du témoin oculaire. Vue l'importance de sa déclaration, elle préfère être présente.

— Nous la ferons demain matin.

— D'accord. Je téléphonerai au juge.

Le couple de policiers revient dans la salle d'interrogatoire et reste debout. La commandante veut faire passer un message :

— Je suppose que vous aurez bientôt votre épouse au téléphone ?

— Oui.

— Dites-lui que nous aimerions l'entendre dès son retour à Perpignan !

— D'accord.

— Nous ferons une perquisition demain matin à votre domicile et nous préférons vous garder ici cette nuit.

— Ah !

L'homme se lève et un gardien est appelé.

Dans le couloir, elle demande à Roger Croussard s'ils peuvent faire un point sur l'enquête à son bureau. Elle le voit secouer la tête.

§

Debout devant la table de travail, Christelle Limière parle de la vidéo de la grande surface que Matthieu analyse, du contrôle du compte bancaire des époux Barrer par Véra, sans résultat probant, du témoin oculaire et ses importantes révélations, et de la vérification d'alibi que font actuellement la brigadière major et le lieutenant.

Elle l'informe aussi de son souhait d'effectuer une perquisition au domicile de la veuve vendredi matin, après l'enterrement. Elle veut installer une balise de surveillance sous sa voiture.

Le commissaire adhère à ses désirs et lui promet de faire le nécessaire auprès du juge d'instruction et du procureur.

Elle le remercie et revient à son bureau.

Plus tard, son téléphone interne sonne : l'accueil la prévient qu'un homme l'attend pour une déposition.

« Mon témoin oculaire », précise-t-elle.

Ils se rencontrent et l'homme confirme sa déclaration téléphonique du matin. Christelle Limière lui demande si, quand il s'est arrêté en voiture proche de la Scénic, il avait baissé sa vitre côté passager. Il lui avoue qu'il l'a ouverte un tout petit peu, mais la pluie intense l'a contraint à monter cette glace. Et, de toute façon, il faisait nuit.

Le témoin signe le document. Elle le remercie.

La commandante comprend l'importance de ce témoignage. Elle imagine qu'il a fallu que l'assassin, après son forfait, quitte les lieux. Et si la petite voiture de couleur claire était la sienne ? Et si, derrière les vitres obstruées par la pluie, dans l'obscurité de l'habitacle, le crime avait été perpétré pendant que le témoin, en voiture, s'était arrêté tout proche ?

Elle tenait souvent un discours discursif, mais il fallait aussi, de temps en temps, de l'intuition.

En passant dans le couloir pour revenir à son bureau, Matthieu Trac l'aborde et lui confirme qu'il n'a rien découvert sur les portables de Mylène, l'employée du rayon des surgelés, et de Natan Esse.

— Nous les rendrons à leur propriétaire demain matin.

Elle s'aperçoit d'ailleurs qu'il travaille toujours sur les vidéos de surveillance de la grande surface.

Plus tard, assise à son bureau, Christelle Limière se replonge dans son enquête. Elle imagine que le responsable de la boucherie peut avoir instrumentalisé l'assassinat du boucher : il déclare avoir perdu son outil de travail et accuse son entourage professionnel du vol.

Dans le contexte particulier de ce service, ce scénario paraît tout à fait vraisemblable. Mais il a pu aussi saisir cette opportunité pour en tirer parti.

Et il pouvait avoir remis le couteau à sa femme afin qu'elle supprime Stéphane Barrer, après l'avoir séduit.

Même si elle doute du caractère manipulateur de Natan Esse, elle sait que les apparences sont quelquefois trompeuses et que, souvent, la vérité se cache là où personne ne l'attend.

Elle regarde sa montre, pense à son rendez-vous avec Basile Argos et quitte le commissariat.

Il a choisi un excellent restaurant, *Le Clos des Lys*. Elle se souvient y avoir soupé quelquefois avec Émilie. À l'écart, dans un coin de la salle, la situation de leur table fait penser à un dîner d'amoureux cherchant l'intimité.

À l'apéritif, Christelle Limière entend bipper son portable. Un message de Jacques Louche : « Nous avons des infos. Bonne soirée. »

— Excuse-moi ! Je l'éteins.

Durant le repas, ils ne parleront pas de l'enquête : elle reconnaît là son tact et sa délicatesse. Ils se remémorent leur trajet sur le GR10, les noms de ses clients randonneurs et les tragédies surprenantes survenues lors de cette épopée.

Basile Argos ne s'attarde pas trop sur sa situation d'homme divorcé, tenu d'effectuer une formation d'un an afin de changer de métier. Il parle de sa vie de guide de haute montagne et avoue qu'il regrette le temps où il vivait au rythme de la nature.

La commandante suppose que travailler trop souvent éloigné de sa femme a accéléré leur séparation.

Au dessert, elle le trouve toujours aussi agréable et séducteur. Son sourire lui rappelle leur tendre rencontre. Plus le repas avance et plus elle sait qu'elle ne pourra lui résister.

Le directeur de la grande surface fait preuve de beaucoup d'humour et, de temps en temps, des éclats de rire illuminent la soirée.

Quand, à la fin du dîner, il propose de prendre un dernier verre chez lui, elle accepte sans hésiter.

Dans sa voiture, elle le regarde conduire et, dans la clarté vespérale, elle le trouve encore plus désirable. Elle sait que sa tentation prendra le dessus sur sa raison.

Beaucoup plus tard, il lui apporte une coupe de champagne dans son lit. Nus, ils trinquent en riant. Basile a conservé ce même pouvoir de séduction que sur les chemins de grande randonnée. Elle imagine que beaucoup de marcheuses ont dû succomber à son sourire enjôleur. Mais qu'importe !

Puis elle pense à son enquête et lui demande de la raccompagner chez elle.

Christelle Limière s'endormira, la tête dans les étoiles.

Pas une seconde elle n'a pensé à Émilie.

Chapitre III

Le jeudi 6 février, le ciel est gris. La tramontane s'est réveillée tôt et se renforce de minute en minute.

Vers 8 h 00, Christelle Limière arrive au commissariat. Les yeux de Matthieu, opiniâtre à sa tâche, fixent encore la vidéo de surveillance de la grande surface.

Pour les vérifications d'hier soir, Jacques Louche précise que Mylène n'a pas dîné lundi dernier chez ses parents. Elle est rentrée beaucoup plus tard. Elle a passé la soirée chez son frère, qu'ils ont rencontré.

À son studio, celui-ci leur a soutenu qu'il avait invité sa sœur à dîner chez lui et qu'il l'avait ensuite raccompagnée chez ses parents vers 22 h 30. « Nous ne l'avons pas cru », dira le lieutenant.

Il précise aussi que l'empreinte ADN de Mylène a été transmise à la police scientifique, même si les couleurs des cheveux ne correspondent pas. Véra Weber s'était occupée des photographies du visage de toutes les personnes interrogées.

Devant la Citroën, Christelle Limière invite la brigadière major à prendre place à côté d'elle. Jacques Louche, accompagné d'un brigadier-chef, monte dans la Peugeot 208 blanche de Natan Esse.

Au centre-ville de Perpignan, après un détour par le bureau du juge d'instruction, le responsable du département boucherie, son portable en poche, les guide vers un immeuble récent.

À l'appartement, la commandante demande au lieutenant et à Véra d'organiser la fouille. Elle s'installe avec le propriétaire dans sa cuisine.

Elle apprend que le couple ne possède qu'une voiture et que sa femme ne travaille pas.

Pendant ce temps, la brigadière major pénètre dans la chambre à coucher du couple Esse. Un vêtement enveloppé dans un plastique transparent a été posé sur une commode. Apparemment, il provient du pressing.

Elle s'approche et constate qu'il s'agit d'une jupe bleue. Tout de suite, elle fait le rapprochement avec la fibre de tissu de la même couleur découverte sur le siège de la Scénic. Elle appelle sa supérieure.

— Regardez !

Christelle Limière approche le vêtement de la fenêtre.

— On l'emmène.

Elle apostrophe Natan Esse et lui montre la jupe :

— Nous allons la faire examiner par la scientifique.

— Ah bon ! fait-il.

La perquisition continue. Dans le secrétaire d'une pièce faisant office de bureau, Jacques Louche examine tous les documents et papiers personnels, mais il ne trouve rien d'important. Il emporte tout de même l'ordinateur portable.

Trois quarts d'heure plus tard, la fouille se termine.

— Dites bien à Anna que nous souhaitons la voir dès son retour de New York, précise encore la commandante dans l'entrée.

Le lieutenant sourit : « Bingo ! Encore un palindrome ! J'en étais sûr. S'ils ont une fille, ils l'appelleront Ève. »

Les enquêteurs repartent dans la Citroën, laissant le responsable de la boucherie à ses questionnements.

§

Au commissariat, Christelle Limière demande à Jacques Louche d'apporter la jupe bleue à la scientifique. Elle confie l'ordinateur du couple Esse à Matthieu, en précisant que son exploration n'a rien d'urgent.

À son bureau, elle lit à nouveau les comptes rendus et les déclarations des premières investigations. Elle déplore que l'appel à témoins n'ait pas suscité davantage de réponses, mais cette petite route en hiver ne semble pas très passagère.

En milieu de matinée, Matthieu entre dans le bureau de sa supérieure et lui annonce qu'il peut maintenant montrer le condensé de la vidéo de la sécurité et qu'il y a beaucoup de surprises.

— Ah ! s'étonne-t-elle.

À cet instant, Jacques Louche arrive dans l'entrebâillement de la porte et lui tend le rapport du légiste.

— J'analyse d'abord le dossier du médecin et nous le commenterons tous ensemble en début d'après-midi, dans le bureau de Roger Croussard par exemple. Et tu nous montreras la vidéo.

— Ok. Je me rapproche du commissaire, propose le technicien.

Elle sait que cette pièce dispose d'un grand écran de télévision.

Après le départ des deux hommes, la commandante compulse le compte rendu du légiste en prenant des notes.

Vers 13 h 00, le groupe d'enquêteurs mange dans un restaurant proche du commissariat.

Tous reconnaissent la difficulté de cette enquête, et leur visage reflète beaucoup de gravité jusqu'à la prise de parole de la brigadière major. Elle réclame le silence et annonce :

— Bientôt, nous serons quatre ! lance-t-elle, les yeux rayonnant de joie.

— Oh, formidable ! Je suppose que le père est heureux, émet l'enquêtrice brune en se tournant vers Matthieu Trac.

— Il est aux anges, valide l'homme.

— Félicitations ! Ce sera une policière ou un policier ? demande le lieutenant.

— Nous ne souhaitons pas le savoir. Laissons faire la nature !

Ils sont ravis et la fin du repas montre de grands sourires. Ils comprennent aussi leur volonté de trouver un plus grand appartement.

§

En début d'après-midi, les policiers pénètrent dans le bureau de Roger Croussard où Matthieu a installé son matériel.

Tous s'assoient, sauf Christelle Limière :

— Nous allons commencer par le rapport du légiste. D'abord, l'heure du décès : entre 18 h 30 et 19 h 30 le lundi 3 février. Le témoin oculaire nous a précisé qu'il est passé vers 19 h 00. Stéphane Barrer a reçu trois coups d'une arme blanche dont la lame mesure entre dix-sept et dix-huit centimètres de long et environ trois de large : ce sont les dimensions du couteau sur les photos ici présentes. Nous savons qu'il appartient à Natan Esse et qu'il a peut-être été volé le matin même.

— Trouvons le voleur et nous trouverons l'assassin ! persifle Jacques Louche.

— Oui, sûrement. La projection du sang a été à vélocité moyenne, ce qui est courant dans un tel cas. Une femme a pu commettre ce meurtre.

La commandante fait une courte pause.

— Toujours d'après le légiste, l'assassin mesure entre un mètre soixante-quinze et un mètre quatre-vingts, et il est droitier. Il précise que la victime a mis du temps à mourir, car la lame a effleuré le péricarde. Pas de cheveux dans ses mains et de peau sous ses ongles : il ne s'est pas défendu. La surprise a été totale.

Les enquêteurs prennent des notes, même s'ils savent qu'ils bénéficieront d'un exemplaire du rapport.

— Dernier point : son bol alimentaire et son sang ont été analysés : rien d'anormal et pas de trace d'alcool. Des remarques ?

Personne ne répond. Elle imagine que les questions viendront plus tard tant le flot d'informations est rapide et soutenu.

Elle continue :

— Après l'analyse de ce rapport, nous pouvons éliminer Édith, l'hôtesse de caisse, qui mesure approximativement un mètre soixante-cinq. Commissaire, votre avis ?

— Ne pensez-vous pas qu'Anna Esse, la femme du responsable de la boucherie, aurait pu commettre ce forfait avant de s'envoler soi-disant pour New York ?

— J'y ai pensé. J'ai téléphoné à l'aéroport de Perpignan qui m'a confirmé qu'elle avait bien pris le vol du matin. Elle est probablement notre plus importante suspecte. Matthieu, je te laisse la parole.

Christelle Limière s'assoit et le technicien se lève. Tout de suite, il plante le décor :

— La sécurité de la grande surface a enregistré sur notre disque dur l'ensemble des vidéos à compter du lundi 20 janvier jusqu'au soir du meurtre. Comme demandé, j'ai effectué un tri et je n'ai conservé que les scènes ayant un intérêt pour l'enquête et celles où Stéphane Barrer est présent.

Il appuie sur un bouton. Les images commencent à défiler sur l'écran de télévision.

— Voilà les plans du premier jour ! Là, il sert une retraitée et discute avec elle. L'heure est indiquée en haut à droite. Il est

8 h 37. Rien d'anormal. Je vous rappelle que le magasin est ouvert de 8 h 30 à 20 h 00.

Le lieutenant Louche est surpris de la piètre qualité des images :

— Pourrait-on bénéficier de prises de vue plus nettes ?

— Non. J'ai posé la question au responsable du service technique du commissariat. Il m'a dit que cela provenait du matériel utilisé et qu'il ne pouvait rien faire.

La commandante fait signe à Matthieu de continuer.

— Toujours le 20 janvier, à 11 h 16, Mylène, l'employée du service des surgelés, arrive. Regardez son visage radieux ! Elle arbore un grand sourire et ses yeux pétillent de joie : elle rayonne de bonheur.

— Oui, c'est assez explicite ! reconnaît Véra.

— Rien ne se passe le mardi 21 janvier : des clientes, des sourires et des paroles aimables que l'on devine. Ah ! Voilà le mercredi 22 janvier à 10 h 42 ! Observez attentivement la silhouette de cette femme qui sillonne les allées et se dirige vers la boucherie ! Elle porte un long manteau en laine gris qui descend jusqu'aux chevilles, mais vous ne verrez jamais entièrement son visage : lunettes fumées et chapeau pour se camoufler. Elle a dû repérer les lieux, car, dès qu'elle passe proche du champ d'une caméra, elle tourne la tête. Et voyez ! Elle arrive à proximité du rayon boucherie.

Tous les enquêteurs ont les yeux rivés sur l'écran et ont l'impression d'assister à un épisode d'une série policière à la télévision.

Le technicien continue ses commentaires :

— Avec beaucoup de nervosité, elle déboutonne difficilement son manteau et elle apparaît en minirobe bleue à grand décolleté, très sexy. On ne la sent pas très à l'aise, mais plutôt tendue par ce rôle sûrement nouveau pour elle. Et je ne crois pas qu'il existe des robes aussi courtes.

Matthieu arrête le film.

— N'est-ce pas, lieutenant ?

— Oui, tu as raison. Ses dessous sont noirs. Comme dirait Courteline : « de vagues agacements que je pris d'abord pour des agaceries. »

Tous se tournent vers Jacques Louche qui n'avait pas pour habitude de citer un homme de lettres.

Le technicien appuie sur une touche et le film reprend :

— Elle s'arrête devant Stéphane Barrer. Elle aurait pu se présenter à un autre boucher libre, car, comme vous l'avez vu, les deux autres employés ne servaient pas de clientes. Non, c'est à lui qu'elle veut parler. Et elle se recule afin qu'il profite du spectacle de ses belles jambes dévoilées et de cette microrobe moulante.

— Ça devient une exhibition ! remarque Véra, qui a éprouvé un pincement au cœur en voyant les images de la victime.

— Et observez bien ! Elle se penche pour épousseter nerveusement une trace imaginaire sur son manteau. En fait, c'est surtout pour que le boucher apprécie le spectacle de son large décolleté et de sa généreuse poitrine.

« C'est un thriller érotique », imagine le lieutenant.

— Regardez la tête figée et la bouche grande ouverte de Stéphane Barrer ! Il semble vraiment sous le charme de cette femme. Quand elle parle, elle place volontairement une main devant sa bouche afin que personne ne puisse comprendre ses paroles.

— Elle le drague, conclut le commissaire.

« C'est un euphémisme ! » pense la commandante.

— C'est le moins que l'on puisse dire ! Et ça s'est produit souvent ? demande celle-ci.

— Quatre autres fois : le vendredi 24 janvier à 9 h 47, donc deux jours plus tard. Même cinéma et même tenue aguichante. Le vendredi 31 janvier à 17 h 31, elle l'entraîne à l'écart, dans un angle mort des prises de vue où elle apparaît de dos, enregistrée par une caméra lointaine. J'ai zoomé pour mieux capter l'instant. Elle remet un bout de papier à Stéphane Barrer, mais pas un billet de banque. Peut-être pour lui fixer un rendez-vous. Regardez le visage souriant et satisfait du boucher !

— Et les deux autres fois ? questionne Jacques Louche.

— C'est le lundi 3 février, le jour de l'assassinat. D'abord à 9 h 30 et le soir à 17 h 15, où ils ne se sont parlé que quelques secondes. Tout de suite, une idée traverse l'esprit de Christelle Limière :

— Comme pour lui dire : « Je suis là et je suis prête. Nous pouvons y aller. » Véra, peux-tu regarder sur ses fiches de pointage à quelle heure il a terminé son travail ce jour-là ?

— Oui. J'allais vous en parler, dit-elle en fouillant dans son dossier. Il a pointé à 17 h 29.

— Il a donc eu le temps en un quart d'heure d'en informer son chef de service, s'il ne l'avait pas déjà fait, de ranger sa tenue dans son casier, de se laver les mains avant de pointer, et ils ont quitté le centre commercial. Ils auraient pu arriver à la tour Madeloc vers 18 h 45 ou 19 h 00, et nous sommes bien entre 18 h 30 et 19 h 30, comme l'a mentionné le légiste, analyse la commandante.

Le lieutenant remet en place une mèche de ses rares cheveux :

— Mais il a fallu qu'elle redescende vers Port-Vendres ou Banyuls, donc je pense qu'elle l'a suivi avec son véhicule, une petite voiture claire, comme l'a précisé le témoin oculaire.

Christelle Limière constate que Jacques Louche partage sa chronologie des faits. Ça la conforte dans son jugement. L'enquête progresse.

Le policier continue :

— Mais elle ne s'est pas garée sur l'herbe ou sur la terre, car, avec la pluie qui tombait ce soir-là, ses pneus auraient laissé des traces. Elle s'est arrêtée au Col de Mollo, sur un sol pierreux, et elle est montée dans la Scénic jusque là-haut. Tout ça a été bien pensé.

Un silence pesant s'installe durant quelques secondes.

— Je continue ? questionne Matthieu.

— Oui, bien sûr.

— Il ne se passe rien le jeudi 23, le vendredi 24 et le samedi 25. Je passe donc directement au lundi 27 janvier à 10 h 33. Mylène arrive à la boucherie. Regardez bien sa tête : elle paraît de mauvaise humeur et lance des regards noirs à Stéphane Barrer. Il a dû lui annoncer leur rupture le matin. Nous passons maintenant au mardi 28 janvier à 9 h 30, le lendemain. Un jeune homme arrive en colère. Voyez son doigt pointé dans la direction du boucher ! Ils s'invectivent et, dans les allées, des clientes se retournent et les regardent. Ça dure ainsi deux minutes.

— C'est le frère de Mylène que nous avons rencontré hier, précise la brigadière major. Il est venu défendre sa sœur.

— Ah ! Dernière rencontre intéressante ! Le lundi 3 février à 16 h 26, Mylène revient le voir. Elle n'est plus en colère, elle paraît résignée. Observez comme elle lui parle calmement pour l'attendrir ! Nous devinons ses paroles : « Voyons-nous une dernière fois ce soir ! » Mais il ne cède pas et elle le quitte avec une tête renfrognée.

— Pour revenir à cette inconnue, tu n'as aperçu qu'un bout de son visage sur les images ? demande Christelle Limière en se tournant vers Matthieu.

— Oui. J'ai fait des agrandissements et des corrections pour que les photos soient les plus nettes possible. Tenez, regardez !

Il sort les clichés de son dossier et les tend à sa supérieure.

— Ah oui ! Mais nous ne voyons que son menton et sa bouche, et les photos sont floues. Est-elle grande et droitière ?

— Oui, elle doit mesurer plus d'un mètre soixante-quinze et elle époussette son manteau avec sa main droite.

— Merci Matthieu, c'est excellent ! Commissaire, nous pourrions en profiter pour faire un point sur l'enquête ?

— Bien sûr.

Le technicien s'assoit à côté de Véra. Elle lui lance un regard plein de tendresse et cille des yeux : elle semble fière de son travail.

La commandante passe sa main dans ses courts cheveux noirs. Elle veut savoir si tous les enquêteurs partagent sa conviction :

— Après ce que nous venons de voir, pouvons-nous certifier que cette femme vêtue d'un long manteau de laine est la meurtrière de Stéphane Barrer ? questionne-t-elle. Lieutenant ?

— Les horaires, le déroulement des faits et l'attitude du boucher le prouvent. C'est elle, et la petite voiture claire est la sienne.

— Véra ?

— Je suis d'accord avec le lieutenant.

— Commissaire ?

— Je partage l'avis de Jacques Louche.

— Parfait. Avons-nous d'autres pistes possibles ? Commissaire ?

— Le témoin oculaire, le rapport du légiste et le film de la vidéo de surveillance confirment le scénario que nous avons imaginé. Je ne vois pas d'autres possibilités.

Des sourires apparaissent sur les visages, comme si cette femme ne pouvait leur échapper.

— D'après le service médico-légal, le coup a été porté par une personne grande et droitière, et c'est le cas de notre inconnue de la grande surface. Après avoir vu le comportement de Mylène sur cette vidéo, pouvons-nous l'éliminer définitivement de nos suspectes. Qu'en pensez-vous, lieutenant ?

— Tout à fait.

— Nous attendrons le retour de New York d'Anna Esse et nous l'entendrons. Quand aurons-nous la réponse pour la jupe bleue ? demande la commandante.

— Probablement demain.

L'enquête avance plus vite que Christelle Limière ne l'espérait :

— Anna Esse pouvait aisément bénéficier du couteau de son mari qui aurait pu mentir sur sa disparition. Au sujet de cette suspecte, des remarques ? Lieutenant ?

— Le responsable de la boucherie était bien placé pour autoriser Stéphane Barrer à partir plus tôt que d'habitude ce jour-là. Le couple Esse possède un mobile : la vengeance après tous les mauvais coups subis par l'homme. Et il faudra aussi vérifier si elle est grande et droitière !

— Oui, bien sûr. Véra ?

— Je reviens sur cette femme que l'on voit sur l'écran. Elle est peut-être passée en caisse, a payé ses courses par chèque ou elle peut posséder une carte de fidélité ?

— Elle n'a peut-être pas fait d'achat ou elle a réglé en liquide, objecte Jacques Louche.

— Ça vaut tout de même le coup de vérifier, non ? insiste la brigadière major.

— Oui, tout à fait ! Tu t'en charges, Véra ?

— D'accord. Je vais d'abord observer comment cette femme est sortie de la grande surface. Est-elle passée par une caisse ou bien a-t-elle quitté le magasin par la sortie sans achat ?

— Très bien, valide sa supérieure.

Roger Croussard lève la main :

— Si j'ai bien suivi le film de Matthieu, Stéphane Barrer annonce sa rupture avec Mylène après qu'il a discuté deux fois avec cette femme vêtue d'un long manteau. Donc je pense qu'elle l'a véritablement séduit et que tous les deux envisageaient déjà de se rencontrer dès la première ou la deuxième entrevue, et le bout de papier remis doit correspondre à un jour de rendez-vous. Je me trompe, commandante ?

— Vous avez raison, commissaire. Demain matin, nous ferons une perquisition chez la veuve. Les deux hommes m'accompagneront et Matthieu s'occupera de la balise sous sa voiture si les circonstances le permettent, bien sûr. Donc, rendez-vous à 5 h 15.

— D'accord, émet le technicien.

— De ton côté, Véra, tu vérifieras le départ de cette femme inconnue en t'aidant de ses horaires de rencontre avec Stéphane Barrer. Des questions ou d'autres orientations pour l'enquête ?

— Non, c'est parfait, confirme le commissaire.

— À demain.

Les enquêteurs se lèvent et quittent le commissariat.

Chapitre IV

Le vendredi 7 février, Christelle Limière arrive un peu en retard au travail, à 5 h 25.

Concernant la perquisition au domicile de la veuve, elle décide de prendre deux véhicules. Dans la Citroën, elle emmène Jacques Louche et Matthieu Trac. Un brigadier-chef, accompagné d'un gardien de la paix, les suit dans une Kangoo.

À Sorède, l'avenue de La Vallée Heureuse est encore endormie. L'Audi noire stationne devant le garage.

Matthieu discute à l'écart avec le gardien de la paix et lui demande de surveiller les alentours. Le service technique du commissariat a fourni une nouvelle balise de surveillance, plus petite et pratiquement indétectable, même pour un mécanicien se penchant sous le véhicule.

À cette heure-là, la nuit s'étire et il place rapidement le matériel.

Valérie Barrer devait les attendre, car elle ouvre aussitôt la porte d'entrée. Ou peut-être la solitude lui pèse déjà et l'empêche de trouver le sommeil. Sa fille Emma doit encore dormir dans sa chambre.

Dans le hall de la maison, Christelle Limière tend la carte d'identité de la victime à la veuve, et lui rend son téléphone.

Elle montre la commission rogatoire signée par le juge d'instruction, que la propriétaire ne lit d'ailleurs pas. Matthieu et le gardien les rejoignent.

Puis elle répartit les pièces à fouiller.

Emma sera vite réveillée. Blottie contre le jean de sa mère et vêtue d'une robe de chambre rose, elle observe les policiers d'un regard noir, comme si elle avait en face d'elle les responsables de l'absence de son père chéri.

Dans une salle servant de bureau, l'ordinateur est emporté. Tous les documents et dossiers découverts sont lus. Le brigadier-chef, quelques feuilles en main, vient solliciter l'enquêtrice.

— Non, ne les emportez pas ! précise-t-elle.

Plus tard, au-dessus du garage qui, dans la région, n'est pas souvent destiné aux véhicules, apparaît une mezzanine servant de débarras. Son accès est assuré par une échelle en bois d'un autre âge, plutôt étroite.

— Qui a-t-il là-haut ? demande la commandante.

— Il y rangeait beaucoup d'anciens meubles et du matériel de boucherie. Il ne voulait d'ailleurs pas que j'y monte, répond Valérie Barrer.

Cette dernière phrase résonne dans la tête de Christelle Limière comme une invitation.

Avec difficulté, elle accède à la mezzanine, accompagnée par Mathieu. Ils y restent une demi-heure, remuant les tables et vidant les tiroirs. C'est l'homme qui trouve le « graal » : un portable récent en parfait état de marche. La policière, gantée, l'enveloppe dans une poche transparente en plastique.

Cacher un téléphone aussi neuf lui procure beaucoup d'espoir.

Les enquêteurs ne trouvent aucun document ou lettre compromettante de nature à faire avancer leur enquête.

Il est presque 7 h 30 quand ils remontent dans leur voiture. Ils sont suivis par les yeux ténébreux d'Emma et par ceux des voisins, dont les rideaux tremblotent aux fenêtres de leur pavillon.

§

Au commissariat, la commandante propose à Matthieu d'analyser le portable trouvé dans la mezzanine.

Dix minutes plus tard, le technicien frappe à la porte de son bureau, la mine réjouie : une vidéo plutôt coquine figure dans l'appareil. Ah, l'intuition féminine !

Il l'active et le place sur la table de travail de sa supérieure. Il se positionne derrière son fauteuil.

Au début de l'enregistrement, les images sont saccadées, mais, quelques secondes plus tard, ils visionnent parfaitement un couple très occupé dans une pièce, appuyé contre un bureau.

Après les préliminaires, l'actrice s'allonge sur la table et remonte sa jupe rouge.

« Tiens, tiens ! Cette jupe rouge, je la connais ! » pense-t-elle.

L'opérateur actionne le zoom. Christelle Limière pousse un cri :

« Ça alors ! Vanessa Place et Basile Argos. »

Elle est abasourdie par les images qui défilent sous ses yeux. Elle sourit en pensant que la protagoniste est bien dans son rôle : les relations humaines.

Elle repense à la soirée d'hier avec le directeur et à leurs ébats dans son lit.

« Décidément, il les veut toutes ! » imagine-t-elle, partagée entre surprise et jalousie.

— Allons la montrer au groupe !

Dans la salle des enquêteurs, devant le grand écran de l'ordinateur de Matthieu, Jacques Louche aura cette réflexion :

« C'est un chaud lapin, votre copain ! »

« Tu ne sais pas à quel point ! » pense-t-elle.

Elle se ressaisit :

— Donc Stéphane Barrer détenait une vidéo compromettante de Vanessa Place et Basile Argos.

— Mais la victime devait exercer un chantage afin que son directeur lui attribue le poste de responsable de la boucherie qu'il convoitait, analyse Véra Weber.

— Oui, tu as raison. Et c'est pour cela que le portable était si bien caché. Il voulait préserver la preuve du chantage.

Christelle Limière n'y avait pas pensé, l'esprit trop encombré par cette surprise sidérante. Elle réfléchit : les convoquer paraît une action exagérée, non adaptée. Si la police devait entendre tous les couples qui batifolent sur des vidéos...

— Matthieu, mets tout de suite ce film sur mon portable et je me déplacerai à la grande surface avec le lieutenant pour savoir si le chantage a bien existé, dit-elle en regardant sa montre. Je vais programmer une réunion d'information ce soir au bureau du commissaire.

§

Le couple d'enquêteurs arrive à l'accueil du magasin en milieu de matinée.

Dans la voiture, Jacques Louche informe sa supérieure : l'empreinte ADN de Mylène ne correspond pas à celle des cheveux trouvés sur le siège arrière de la Scénic. Et, après un examen minutieux, aucune similitude du bas de son visage avec celui de l'inconnue de la grande surface. Ces résultats les confortent dans leur volonté de ne plus poursuivre cette piste.

À l'accueil, les deux hôtesses arborent une mine réjouie : le temps efface bien des peines.

Dans le bureau de Basile Argos, tous s'installent. La directrice des relations humaines est appelée. À son arrivée, elle salue tout le monde et remet un dossier cartonné à son directeur qu'elle tenait dans sa main droite. Tout de suite, Christelle Limière remarque qu'elle se place tout proche de son patron. Elle devine que cette promiscuité montre aussi l'ambition de la DRH que l'hôtesse de caisse Édith avait d'ailleurs soulignée. L'exposition de cette vidéo sur les réseaux sociaux pouvait entacher ses prétentions.

Elle a changé de jupe. Un vêtement serré à la taille par une large ceinture met sa poitrine en valeur.

« Ce n'est pas le moment de faire une crise de jalousie ! » rumine l'enquêtrice.

Celle-ci place son enregistreur et son portable sur la table de travail de Basile Argos, devant les acteurs. Ils sont activés.

À la fin de la séance, tous les deux ne semblent pas surpris.

— Nous avons déjà vu cette vidéo, confirme l'homme.

— Quand ? demande-t-elle en appuyant sur une touche de son téléphone.

— Jeudi dernier.

— Ah, c'est récent !

En disant cela, elle pense qu'il existe peut-être un lien entre la découverte de ces images par le couple d'amoureux et la disparition du boucher quelques jours plus tard.

— Il vous faisait quand même un chantage ?

— Oui. Stéphane Barrer est venu me voir et il a insisté pour récupérer le poste de responsable du rayon boucherie. Il disait qu'avec son ancienneté, il lui revenait.

— Et qu'as-tu fait ?

— J'ai refusé de céder. Il m'a dit qu'il allait mettre cette vidéo sur les réseaux sociaux. J'ai averti mon supérieur au siège de notre groupe et je me suis rapproché d'un avocat. Celui-ci m'a conseillé de ne rien faire.

La commandante le dévisage et attend plus d'explications. À côté de lui, Vanessa Place reste immobile et se tait.

— En fait, il m'a dit qu'il ne pouvait mettre son plan à exécution au risque de passer pour un délateur aux yeux de tous.

— Tu crois qu'il avait autant de scrupules ?

— Je ne sais pas. J'ai écouté mon avocat.

— Si tu as reçu la vidéo jeudi, tu as vu ton défenseur vendredi dernier. C'est ça ?

— Tout à fait.

— Quel nom, l'avocat ?

— Maître Ivoire de Perpignan.

Jacques Louche note ce nom sur son carnet.

L'enquêtrice connaît suffisamment Basile pour savoir qu'il ne ment pas.

— Merci. À bientôt, lance-t-elle en se levant.

— À bientôt, répond le directeur.

Les policiers sortent de la pièce, laissant le couple seul.

Christelle Limière regarde sa montre : 10 h 45. Dans l'allée du centre commercial, elle lance une invitation :

— Un café, lieutenant ?

— Avec plaisir.

Dans la galerie marchande, ils s'assoient à la terrasse d'un bar. La commandante veut en profiter pour faire le point sur une enquête qui s'accélère et dont les événements semblent de plus en plus inattendus.

Son portable sonne. Elle lit sur l'écran : Émilie. Elle décroche tout de même.

— Bonjour.

— Bonjour. Je n'ai pas pu te joindre hier soir ?

— J'avais éteint mon portable. Je suis en réunion. Je t'appelle ce soir.

La journaliste devait entendre le brouhaha en fond sonore.

— Ok. À ce soir. Bises.

— Bises.

Devant ce dialogue intime, Jacques Louche sourit.

Plus tard, face à un croissant chaud et moelleux, l'homme l'attaque à pleines dents.

— Pour l'avocat de Basile Argos, ne faites rien ! Je suis sûr que le directeur ne ment pas.

Elle sirote son café et, quelques secondes plus tard, le sollicite à nouveau :

— Que pensez-vous de ce nouveau rebondissement, lieutenant ?

C'était son habitude : elle aimait avoir l'avis des autres enquêteurs. Depuis longtemps, l'homme bénéficiait de sa magnanimité et de son amitié. Il avait cette désinvolture et cet humour qui n'appartiennent qu'aux gens heureux.

Jacques Louche se sent bien dans sa fonction : pas de pression excessive comme c'est trop souvent le cas de la part d'une hiérarchie inhumaine et pesante.

Un collègue de la région parisienne lui a raconté que certains policiers, plus faibles et plus sensibles, dont les épouses ne supportaient plus ces contraintes professionnelles, avaient commis l'irréparable. Certes, à Perpignan, il s'était aperçu que la fonction de lieutenant de police avait beaucoup évolué ces derniers temps, mais le commissaire Croussard avait toujours su protéger les éléments de son équipe en créant un climat cordial empreint d'efficacité.

— Je ne vois pas un directeur de grande surface mêlé à cette sordide affaire. Par contre, pourquoi pas le couple Vanessa Place et une amie ?

Au-delà de son jugement partial, la commandante attendait de Jacques Louche, son adjoint de tant d'années de complicité, qu'il lui donne un avis objectif. Elle est satisfaite de sa réponse.

Ils rentrent au commissariat.

En fin de matinée, Véra Weber pénètre dans le bureau de sa supérieure et commente ses recherches sur un éventuel passage en caisse de l'inconnue vêtue d'un long manteau de laine. En visionnant la vidéo de la sécurité, la brigadière major s'est aperçue qu'elle était repartie à chaque fois par la sortie sans achat.

Cette piste s'arrête donc là.

Véra profite de sa venue pour l'informer qu'elle doit visiter un appartement avec Matthieu à 16 h 00. Christelle Limière s'en réjouit et, bien sûr, autorise cette absence.

Puis les enquêteurs vont manger ensemble.

À son bureau, vers 13 h 30, la commandante téléphone à Émilie et lui rappelle leur rendez-vous du soir au théâtre Jean Piat de Canet-en-Roussillon.

Plus tard, elle se dirige vers le bureau du commissaire.

En accord avec lui, Christelle Limière programme une réunion dès le retour de Véra et Matthieu, aux alentours de 18 h 00. Elle informe son groupe.

À sa table de travail, elle se replonge dans son dossier et prépare son intervention.

§

Un peu avant 18 h 00, la commandante et son équipe poussent la porte du bureau de Roger Croussard, qui leur fait signe d'entrer.

Christelle Limière renseigne le commissaire sur le portable de la victime retrouvé dans son garage et sur son contenu surprenant.

Concernant Vanessa Place, elle précise qu'elle est très ambitieuse et coucher avec son patron accrédite l'arrivisme de cette femme. Cette histoire de vidéo porno pouvait être un frein à sa carrière.

Elle demande à Jacques Louche son avis.

L'objectif de l'enquêtrice est de faire parler les éléments de son équipe. Elle avait remarqué que, en racontant une deuxième fois leur investigation, ils y ajoutaient une précision supplémentaire ou leur conviction intime.

Le lieutenant pense que la DRH peut avoir confié cette mission à une relation. Il suggère de mettre son portable sur écoute. Sa supérieure retient cette proposition, mais préfère attendre que d'autres faits viennent conforter cette hypothèse.

Puis la brigadière major s'exprime sur ses recherches concernant les sorties du magasin de l'inconnue au long manteau de laine, qui n'ont pas abouti. Elle a aussi vérifié si, sur la liste des clientes munies d'une carte de fidélité, un nom ne lui était pas inconnu. Recherche vaine.

Ensuite, Valérie Barrer : son appel téléphonique à sa sœur Simone au moment de l'assassinat de son mari sera évoqué par Matthieu Trac. Celui-ci fait remarquer qu'elle s'est peut-être constitué un alibi à l'heure du drame.

Jacques Louche revient sur son enquête de voisinage. Même si la veuve semblait s'accommoder du caractère volage de son mari, elle ne cachait pas son exaspération à ses amies face à cette situation malsaine. Christelle Limière pense que l'une d'elles aurait pu perpétrer ce crime et elle insiste pour conserver son portable sur écoute et laisser la balise de surveillance sous sa voiture.

Ensuite, la commandante leur rappelle que les pistes menant à Édith et Mylène, employées dans la grande surface où travaillait la victime, ont été abandonnées.

Et enfin la femme charmeuse et sexy du magasin que les policiers n'ont pas réussi à identifier sur les vidéos de surveillance. L'enquêtrice parle de son long manteau en laine et de la photo floue du bas de son visage : trop peu d'indices pour établir un portrait-robot ou envoyer une photo à un journal.

— Pour ce manteau en laine, que pouvons-nous faire d'autres ? Sillonner les boutiques de Perpignan et des villes environnantes : travail chronophage pour un résultat aléatoire.

— Oui, vous avez raison, intervient Roger Croussard.

Christelle Limière passe sa main dans ses courts cheveux bruns. Véra connaît la signification de ce geste.

— Je vais vous donner mon sentiment sur cette affaire : le portable et le couteau trouvés à la tour Madeloc sont des leurres. Et le long manteau de laine en est peut-être un autre. La meurtrière nous occupe, nous entraîne vers des voies sans issue. Tout ça, c'est de la mise en scène. Généralement, moins nous trouvons d'indices sur le lieu d'un crime, comme dans le cas qui nous préoccupe, plus les préparatifs ont été minutieusement étudiés. Donc cette femme est très intelligente. Pour l'arme, je pense que Stéphane Barrer l'a volée à son chef de service sans connaître son utilisation finale, bien entendu. L'inconnue de la grande surface lui a présenté cela comme un jeu qui devait déboucher sur une vengeance personnelle afin de mettre en cause son responsable.

— En fait, il a volé le couteau qui allait le tuer ? remarque le commissaire.

— Oui.

— C'est tout de même une idée machiavélique ! Quel esprit tordu ou brillant peut imaginer un tel stratagème ? juge Jacques Louche.

— Vous avez raison, confirme Roger Croussard.

— Voyez-vous d'autres pistes que nous aurions oubliées, commissaire ?

— Heu... Non.

Le lieutenant fait un petit signe de la main :

— Pourquoi ne pas se plonger dans le passé de la victime ? La vengeance est un plat qui se mange froid.

— Oui, vous avez raison. Nous regarderons cet aspect en début de semaine prochaine.

La réunion prend fin et ils retournent à leur bureau.

§

À sa table de travail, Christelle Limière est tiraillée par beaucoup de questions.

Quelle histoire l'inconnue a-t-elle inventée pour que la victime subtilise le couteau de Natan Esse, qu'elle plantera ensuite dans son cœur ?

« Admettons qu'elle devine, ou qu'elle apprenne, les rapports difficiles du boucher avec son supérieur ! Elle sent la vulnérabilité de l'homme devant ses appas et lui promet une relation intime s'il se procure le fameux couperet. Elle lui annonce qu'ils vont se servir de cet outil pour placer Natan Esse au centre d'une affaire qui l'impliquerait directement. Et le poste de responsable de la boucherie sera alors libre pour lui », pense-t-elle, imaginant des conjectures et un scénario d'un machiavélisme jamais atteint.

Le vol du couteau par un proche du responsable de la boucherie, la spécificité d'homme volage de la victime, l'aguichante cliente à portée de main : tout démontre que le scénario mis en place peut ressembler à cela.

Qui est cette femme mystérieuse drapée dans sa houppelande, sillonnant les allées d'une grande surface et semant la mort ?

Cache-t-elle une faux sous sa cape ?

Que de mystère dans cette enquête hors norme !

Tout de même, il a fallu à cette inconnue beaucoup de temps de préparation et une imagination débordante, ainsi qu'une connaissance parfaite de la vie de la victime et de ses obsessions sexuelles.

Qui mieux que Valérie Barrer savait tout cela ?

Mais la commandante ne sent pas la veuve suffisamment armée intellectuellement pour concevoir de telles préparations.

Elle est persuadée que cette enquête est loin d'être terminée et qu'elle cache bien d'autres zones d'ombre.

Chapitre V

Le vendredi 7 février, en soirée, Émilie Ingrat a emmené Christelle Limière au théâtre de Canet-en-Roussillon. Dans le noir, la journaliste a cherché sa main, et elles ont gardé cette posture jusqu'à la baisse définitive du rideau rouge. Émilie l'avait ensuite invitée à son appartement.

Aussi, le lendemain matin, comme souvent le samedi, les deux femmes effectuent quelques achats sur le marché de Cassanyes. À un stand qu'elle connaît bien[3], la commandante serre Maria et Edmond dans ses bras, et prend le temps de s'entretenir quelques minutes avec la jeune fille. Son large sourire prouve qu'elle est maintenant très heureuse. Maria la remercie d'avoir vanté ses qualités de vendeuse auprès d'Edmond.

Dans les allées du marché, les deux amies traînent d'un commerce à l'autre. Certains vendeurs parlent à la policière de Jeannot Pépin, son ancien employeur.

Tout à coup, proche d'elle, l'enquêtrice aperçoit Vanessa Place accompagnée d'une femme. Ce n'est pas la DRH de la grande surface qui surprend Christelle Limière, mais l'habit que porte sa voisine : un long manteau en laine.

Subitement, à son grand étonnement, l'inconnue se retourne et apostrophe la chroniqueuse :

— Oh ! Bonjour Émilie, dit-elle en s'avançant vers elle pour lui faire une bise.

— Oh ! Bonjour. On se fait aussi la bise, lance Vanessa à la commandante.

---

[3] Guy Raynaud *Marinade au goût amer*

Les présentations sont faites. Elle apprend que Sophie et Vanessa sont sœurs.

Durant la conversation entre Sophie et Émilie, qui manifestement partagent le même employeur, la policière s'approche discrètement de la sœur de Vanessa Place et constate qu'elle mesure plus d'un mètre soixante-quinze et qu'elle est droitière. Sophie serait-elle la relation de la directrice des relations humaines dont parlait Jacques Louche ?

Puis les deux couples se séparent.

Plus tard, la journaliste explique que la sœur de Vanessa occupe la fonction de pigiste à *L'Indépendant*. Christelle Limière ne répond pas. Elle sait ce qu'elle fera lundi prochain.

Chapitre VI

Et, en effet, elle le fait dès 8 h 30, le lundi 10 février. Elle réunit son équipe dans le bureau des enquêteurs et narre sa rencontre de samedi matin, sur le marché de Cassanyes.

— Nous procéderons à une perquisition au domicile de Sophie demain matin. Je vais me renseigner sur son adresse et sur ses horaires de travail à *L'Indépendant*.

À cet instant, tous devinent qui sera son informatrice.

— Vous pensez que la sœur de Vanessa Place pourrait être sa « sbire » ! Et pour quelle raison celle-ci en voudrait à la victime ? questionne naïvement Jacques Louche.

La brigadière major regarde sa supérieure qui hésite à répondre. Elle le fait à sa place :

— Nous avons noté l'ambition de la DRH, et cette vidéo sur la place publique l'aurait gênée dans son début de carrière. Si le directeur a contacté un avocat, nous ne savons pas si la jeune femme a fait de même.

— Ah oui !

— Tu as raison, Véra. Et Sophie est grande et droitière, et elle porte un long manteau de laine. Matthieu, que disent le portable et la balise de la voiture de Valérie Barrer ?

— Rien. Toujours les mêmes circuits : le lieu de son travail, le collège Pierre Mendès France à Saint-André pour sa fille et les courses dans le même centre commercial.

— Avertis-nous si tu constates du nouveau ?

— Oui, bien sûr.

— Concentrons-nous maintenant sur ma rencontre de samedi matin ! Donc, la répartition du travail de chacun ! annonce-t-elle plus pour elle-même que pour ses auditeurs.

Quelques secondes de silence.

— Avec Matthieu, nous ferons une « perqui » demain matin chez Sophie. Pendant ce temps, Véra et le lieutenant effectueront une enquête de personnalité sur le couple Barrer : retracer leur vie familiale, leurs études, leurs fréquentations, en somme leur parcours de vie. Stéphane Barrer aurait pu faire l'objet d'une vengeance sentimentale. Vous prendrez le temps qu'il faut.

— D'accord.

— Pour vous aider dans cette démarche, Véra téléphonera à la DRH pour lui demander de préparer une copie de son dossier d'employeur. Vous y trouverez des informations qui vous aideront dans les recherches que vous ferez. Tout le monde sait ce qu'il doit faire ?

— Oui, parfait.

Le groupe se sépare et Christelle Limière se dirige vers le bureau du commissaire afin de l'informer et de bénéficier de l'indispensable commission rogatoire.

Plus tard, seule à son bureau, la commandante comprend que son enquête n'avance pas. Elle avait fondé beaucoup d'espoir sur la vidéo du magasin, mais cette piste s'arrête là. De plus, elle n'imagine pas la pigiste d'un quotidien se risquer dans une telle aventure.

Le passé de la victime pouvait encore apporter des surprises.

Que pouvait-elle faire de plus ?

§

En compagnie de Matthieu, Christelle Limière décide de reprendre tous les interrogatoires et les comptes rendus. Ils s'isolent dans une salle et, dans un silence pesant, relisent tous les documents en leur possession, puis ils écoutent tous les interrogatoires enregistrés.

Et comme un leitmotiv, le couple d'enquêteurs pense toujours à la grande dame en manteau de laine gris sillonnant les allées de la grande surface. Lors de ses contacts répétés avec Stéphane Barrer, l'horaire de pointage de celui-ci ce soir-là et ses yeux enflammés par son appétence attestent qu'elle est bien la personne l'ayant accompagné à proximité de la tour Madeloc.

Ils décident tout de même de s'accorder une pause pour déjeuner pendant laquelle la commandante et le technicien promettent de ne pas aborder les investigations.

En milieu d'après-midi, Jacques Louche et Véra Weber reviennent de leur enquête de personnalité. Ils racontent leur journée d'exploration dans le passé de Stéphane Barrer. Rien. Pas l'ombre d'une piste.

Ils n'ont enregistré aucune rencontre malheureuse ou vengeance féminine qui aurait pu entraîner un acte aussi brutal et définitif. Ils leur restent encore quelques vérifications à effectuer demain matin et remettront leur rapport.

La déception se lit sur le visage des enquêteurs. Ils ont en face d'eux une meurtrière extrêmement intelligente et très bien organisée. Elle a su éviter les écueils de la vidéo de la grande surface et a attiré le boucher dans ses filets. L'homme, naïvement, aveuglé par sa soif de sexe, est facilement tombé dans le piège.

Volontairement, elle a abandonné le couteau à proximité de la scène de crime pour orienter les recherches policières vers Natan Esse, l'ennemi juré de la victime.

« Quel est le mobile ? Pas d'ordre financier, pense-t-elle. Peut-être crapuleux ! Non, trop de préparations et de précautions pour un voyou de bas étage. »

Elle imagine un motif de vengeance mûrement réfléchi et celui-là ne porte qu'un nom : Valérie.

Après la perquisition chez Sophie, à laquelle la commandante ne croit pas trop, les policiers devront renforcer la surveillance de la veuve et cerner ses connaissances.

Vers 18 h 00, Roger Croussard l'appelle à son bureau. Christelle Limière lui fait part des dernières avancées de l'enquête et de ses conclusions.

Le commissaire devine sa frustration et essaie de l'aider dans ses prochaines investigations. Il valide le renforcement de la surveillance de Valérie Barrer et lui conseille d'effectuer une enquête sur son entourage, aussi bien familial que professionnel.

— Oui, vous avez raison.

— Commandante, je sais que vous avez fait tout ce qui est en votre pouvoir. Vous n'avez rien à vous reprocher. Il nous reste encore plusieurs pistes : la perquisition de demain matin chez Sophie, la surveillance accrue de la veuve et le retour de New York d'Anna Esse. Concentrez-vous sur ces dernières possibilités et nous trouverons la meurtrière !

— Oui.

— Vous savez qu'avec le procureur, nous vous avons toujours soutenue et nous connaissons vos capacités et votre acharnement à démasquer les assassins. Continuez, commandante, ayez confiance !

— Merci commissaire.

L'entretien se termine ainsi et Christelle Limière quitte le commissariat, persuadée que cette femme au long manteau de laine ne peut lui échapper.

Malgré les encouragements de son supérieur, elle passe une mauvaise soirée.

Émilie lui téléphone vers 21 h 00 et comprend que son amie ressasse les déboires de ses dernières investigations. Leur conversation ne dure que dix minutes.

Des images noires peupleront sa courte nuit remplie de cauchemars.

Chapitre VII

En cette fin d'hiver, la nature se fâche. Les tempêtes et les vents forts entraînent des inondations en Bretagne depuis maintenant un mois. Le Roussillon semble préservé et, en ce mardi 11 février, la tramontane s'est subitement renforcée.

Vers 5 h 45, la Citroën C4 de Christelle Limière transporte la même équipe qu'hier. Sur le GPS, l'adresse communiquée par Émilie Ingrat les conduit devant un immeuble neuf.

Sophie, en peignoir, leur ouvre la porte d'entrée de l'appartement et s'étonne :

— Oh ! fait-elle.

— Nous venons pour une perquisition, annonce la commandante en tendant la commission rogatoire.

La propriétaire la lit attentivement.

— Ben... Entrez !

Au fond de l'appartement, une porte se ferme. Une minute plus tard, Vanessa Place apparaît, vêtue d'un court déshabillé.

— Bonjour, lance-t-elle.

— Bonjour, répond la policière. Oh, vous vivez ensemble ?

— Je vous expliquerai tout à l'heure, indique Sophie.

L'enquêtrice répartit le travail de chacun et précise à Matthieu sa mission. Pendant ce temps, la DRH s'enferme dans la salle de bains. Les autres pièces sont investies.

Dans la cuisine, la suspecte propose un café à la policière. Les deux femmes sont maintenant seules. Sophie raconte qu'elle a eu une déception amoureuse il y a presque trois ans. Et sa sœur cadette a proposé de vivre quelque temps ensemble. Le grand appartement de Vanessa possède deux chambres, ce qui facilite la cohabitation. Ses meubles sont entreposés dans le garage de sa sœur.

— Comme nous nous entendons très bien, la durée s'est un peu allongée. Ça va me permettre d'épargner afin de m'acheter un appartement.

Puis la discussion s'engage sur l'objet de cette visite et sur le manteau en laine qu'elle portait samedi matin.

— C'est une vieille cape qui me protège de la fraîcheur matinale. Vous pourrez l'emporter pour votre enquête si vous le souhaitez !

Elle avait deviné son importance.

Puis vient le tour de l'alibi de lundi dernier en soirée : Sophie avoue qu'elle était encore au journal à cette heure-là.

La conversation dévie sur son travail.

— Vous savez, Christelle, je peux vous appeler Christelle ?

— Oui, bien sûr.

— Dans une entreprise, tout se sait : la vie des salariés et leurs relations sentimentales. Les abouchements dans la vie professionnelle existeront toujours. Avant juillet 2011, j'étais avec Émilie. Mais je ne vous en veux pas. Ce sont les circonstances de la vie !

La commandante est surprise et marque son étonnement. Elle avait donc supplanté Sophie dans le cœur d'Émilie.

Le visage de l'enquêtrice montre une gêne manifeste.

— Ne vous inquiétez pas, Christelle ! Cela fait presque trois ans et c'est oublié. Sachez que tout le monde au journal vous apprécie et suit vos enquêtes et vos promotions ! Voulez-vous encore du café ?

— Non merci, Sophie.

— Alors, on papote ? lance Vanessa en entrant dans la pièce, vêtue de sa courte jupe rouge.

— Mince, il est déjà 7 h 00 ! Je vais être en retard à mon travail, remarque la pigiste en quittant la cuisine et en se délestant de son peignoir dans le couloir.

Christelle Limière la regarde s'éloigner dans le plus simple appareil, telle une vénus callipyge, avant de pousser la porte de sa chambre. Elle l'entend parler au téléphone.

Plus tard, les trois hommes reviennent d'une pièce, les mains vides.

— Voilà, nous avons terminé, émet Matthieu.

— Nous allons vous laisser, Vanessa.

— Je vais vous raccompagner.

La directrice des relations humaines referme la porte d'entrée derrière elle et, dehors, fait quelques pas proches de la commandante. Volontairement, elle lui touche le bras de façon à laisser s'échapper le reste du groupe.

— Je suppose que Sophie vous a expliqué sa situation ?

— Oui.

— Je me suis adaptée à cette présence chez moi. Quand mes envies sont trop fortes, je m'organise.

L'enquêtrice comprend que sa voisine justifie sa séance amoureuse avec son directeur.

— Je ne pouvais pas laisser ma sœur vivre seule après cet échec. Et puis, il faut profiter de la vie. Elle ne passera qu'une fois, assure Vanessa Place, comme un précepte d'une conduite amorale. Ce matin, j'ai beaucoup aimé votre délicate approche pleine de tact et de savoir-faire. Vous devez avoir connu des perquisitions plus violentes et plus dangereuses !

— Oh oui !

— J'ai parlé avec Sophie. Nous aimerions vous recevoir un soir à dîner, avec Émilie, bien sûr.

— Je vais lui en parler. Merci encore pour votre accueil !

Les policiers reviennent au commissariat. Christelle Limière ne se souvient pas avoir vécu une fouille aussi tranquille.

Dans la voiture, Matthieu l'informe qu'ils n'ont rien découvert dans le dressing, ni jupe ou pantalon bleu. Elle lui demande d'établir le rapport de cette perquisition.

Plus tard, seule à son bureau, elle se renseigne sur les horaires de travail de Sophie. Elle téléphone à Émilie Ingrat qui l'oriente vers le directeur des relations humaines du journal. Celui-ci lui confirme que la pigiste a terminé exceptionnellement son travail à 19 h 00 ce jour-là. Sophie n'est donc plus suspecte.

L'invitation à dîner de Vanessa l'étonne et ces interférences professionnelles et sentimentales ne lui conviennent pas.

Elle pense à nouveau à cette femme mystérieuse vêtue d'un long manteau de laine traversant les allées du magasin. Et si elle était revenue ?

Matthieu lui remet le disque dur et elle file au centre commercial.

Dans le magasin, elle se dirige vers la salle de surveillance. Le jeune homme de la sécurité la reconnaît. Elle lui confie l'appareil de mémoire et demande d'y enregistrer les vidéos de la semaine dernière, qu'elle reprendra tout à l'heure.

En parcourant les allées, elle rencontre Vanessa Place.

— Tiens, Christelle !

— Oh, Vanessa !

— Vous avez bien cinq minutes. Venez à mon bureau !

Là, une discussion amicale s'engage. D'abord, la DRH confirme qu'elle a remis une copie du dossier de Stéphane Barrer au lieutenant Louche hier matin. Puis elle revient sur les compétences de sa vis-à-vis que son directeur avait lui aussi soulignées. Durant ces agréables dithyrambes formulés avec de grands sourires, l'enquêtrice imagine qu'elle souhaite vraiment l'attirer un soir chez elle avec Émilie.

— Je vais te laisser. L'enregistrement de la vidéo doit être prête.

Toutes les deux se lèvent et se font une bise. Christelle Limière s'aperçoit que le tutoiement était venu naturellement.

Elle se rend à la salle de sécurité, prend l'enregistrement et revient au commissariat.

§

Au bureau des enquêteurs, la commandante confie le disque dur à Matthieu qui l'informe n'avoir rien découvert sur l'écoute du portable de la veuve et sur la balise de surveillance sous sa voiture.

Elle regarde sa montre :

— Nous pourrions aller au restaurant ? propose-t-elle.

Il accepte.

Ils parlent de l'enquête en cours et elle constate que le technicien est vraiment peiné que toutes les portes des investigations se referment les unes après les autres. Christelle Limière essaie de lui redonner confiance et lui rappelle qu'il reste encore des pistes à explorer, et que tout peut arriver.

§

En début d'après-midi, la policière étudie à nouveau les dépositions et les comptes rendus. Pendant plus de deux heures, le casque sur les oreilles, elle écoute les cassettes des interrogatoires de toutes les suspectes. Elle ne détecte aucune nouvelle piste.

Aux alentours de 17 h 30, la brigadière major et le lieutenant pénètrent dans son bureau. Concentrée sur les enregistrements, elle ne remarque pas tout de suite leur présence. Quand Véra s'assoit en face de sa supérieure, celle-ci arrête son appareil et enlève son casque.

— Oh ! fait-elle.

— Nous avons terminé les recherches, indique Jacques Louche.

— Avez-vous découvert une nouvelle piste ?

— Non. Rien dans le passé du couple Barrer.

— Vous me ferez tout de même un rapport ?

— Oui bien sûr, répond Véra.

— Le commissaire s'est absenté une heure. Dès son retour, nous organiserons une réunion pour l'informer.

En effet, aux alentours de 18 h 45, les enquêteurs s'installent autour de la table de travail de Roger Croussard.

Christelle Limière raconte la perquisition de ce matin chez Sophie. Elle précise qu'elle a vérifié son alibi et que la sœur de Vanessa Place travaillait encore au moment de l'assassinat de Stéphane Barrer. Elle ajoute que Matthieu a commencé à analyser la vidéo de la grande surface de la semaine dernière. Celui-ci signale qu'il devrait avoir terminé demain à la mi-journée. Puis elle laisse la parole à Jacques Louche pour la présentation de leur exploration sur le passé du couple Barrer.

Le groupe apprend que Valérie a effectué un cycle d'études assez court et un premier travail de secrétariat dans un garage à Céret. Puis son mariage avec Stéphane et l'installation dans leur maison de Sorède. Rien dans sa vie antérieure ne méritait que l'on s'y attarde davantage.

La victime est originaire de Narbonne où elle a passé toute son enfance, dans deux quartiers. L'homme a d'ailleurs joué au Racing Club de Narbonne durant quelques années. Le couple de policiers s'est déplacé dans cette ville et s'est aussi penché sur ses relations amoureuses de l'époque. Pas de découverte d'une quelconque vengeance ou d'un ressentiment violent.

La commandante leur demande d'établir tout de suite le rapport afin de ne rien oublier. Elle veut aussi montrer l'utilité de ces recherches :

— L'enquête de personnalité de Valérie Barrer est très instructive. Ses courtes années d'études montrent qu'elle ne peut être la femme brillante qui a organisé ce crime presque parfait. Par contre, elle a pu communiquer à une tierce personne certaines informations sur la vie et les habitudes de son mari. Et c'est pour cela que le prochain travail de Matthieu sera de relever les noms de toutes les correspondantes téléphoniques de Valérie Barrer, sur son poste fixe et sur son portable, depuis début janvier par exemple.

— Cette liste, je ne l'obtiendrai pas demain, mais après-demain dans l'après-midi.

— Fais au plus vite !

Elle regarde sa montre : 19 h 35.

— Anna Esse devrait maintenant être arrivée de New York. Je vais l'appeler et lui demander de venir au commissariat demain vers 8 h 00. Avez-vous des questions ou d'autres orientations de l'enquête que nous aurions oubliées ?

Personne ne répond.

— Commissaire ?

— Non, tout a été fait.

Véra Weber lève le bras :

— Avec une seule voiture, je me demande comment Anna Esse aurait pu être la meurtrière !

Christelle Limière passe sa main dans ses courts cheveux noirs :

— Dans un scénario possible, j'ai imaginé qu'elle aurait pu venir au centre commercial en bus le lundi 3 février, habillée d'une

88

courte robe et d'un long manteau. Puis elle aurait emprunté la voiture de Natan sur le parking pour suivre Stéphane Barrer à la tour Madeloc, commettre l'irréparable, et revenir à la grande surface pour garer le véhicule. Et enfin rentrer chez elle en bus.

— Ah oui !

Jacques Louche se racle la gorge :

— Plusieurs observations, commandante ! Il faut d'abord vérifier si elle possède le permis de conduire et si elle est grande et droitière. De plus, la victime pouvait connaître la voiture de son chef de service. Enfin, pourquoi aurait-elle abandonné l'arme du crime proche de la Scénic ?

— Vous avez raison, lieutenant. Mais nous commettons tous des erreurs et cet oubli peut en être une. Pour le moment, c'est l'emploi du temps de cette femme le lundi 3 février en soirée qui nous intéresse.

Elle regarde à nouveau sa montre.

— C'est tout pour aujourd'hui. Bonne soirée à tous.

— Bonne soirée.

Les enquêteurs quittent le commissariat. Seule Christelle Limière rejoint son bureau.

§

L'enquêtrice parcourt à nouveau les dépositions et comptes rendus, et, munis d'écouteurs, elle écoute quelques interrogatoires.

Dans les investigations de cette enquête, elle ne détecte aucun oubli ou aucune faute.

Les rapports de la police technique et scientifique, et du médecin légiste sont complets et tout a été fait selon les règles établies.

Où peut se cacher la petite faille d'un esprit aussi intelligent soit-il ? La tueuse doit tout de même très bien connaître les arcanes d'une instruction pour obtenir un tel résultat ! Et si elle avait en face d'elle une ancienne enquêtrice ?

Elle quitte le commissariat vers 20 h 30 sur ces folles éventualités.

Chapitre VIII

Anna Esse montre des traits tirés et des yeux fatigués, probablement les effets du décalage horaire.

Dès son arrivée, Véra Weber et Jacques Louche s'occupent de ses empreintes digitales et ADN. Son visage, mais surtout son menton et sa bouche sont pris en photo, ce qui ne manque pas de susciter beaucoup d'étonnement de la part de la suspecte. Pendant ce temps, Matthieu fait une copie de sa carte d'identité et analyse aussi son portable pour fouiller dans ses appels envoyés et reçus.

Puis Anna Esse patiente un quart d'heure dans une salle d'interrogatoire, un gardien à ses côtés.

Christelle Limière pénètre dans la pièce, suivie de la brigadière major et du lieutenant.

La commandante détaille l'interviewée : des cheveux bruns mi-longs et un visage agréable. Elle est habillée sobrement. Immobile et sereine, elle ne paraît ni nerveuse ni angoissée. Elle semble juste épuisée.

À son cou pend une croix au bout d'une chaîne.

L'enregistreur est posé sur la table et il est activé. La policière fait un signe en direction de la cabine du technicien.

— Pas trop fatiguée par le décalage horaire ?

— Si, beaucoup, répond-elle.

— Vous n'avez donc pas de voiture ? émet la femme en entrant tout de suite dans l'enquête.

— Non. Ne travaillant pas, je n'en ai pas besoin. C'est Natan qui s'en sert.

— Avez-vous votre permis ?

— Oui, bien sûr.

Long moment de silence pendant lequel Jacques Louche réfléchit. « Une Peugeot 208 blanche, une petite voiture claire, pas un SUV ou un 4x4 ! » pense-t-il, se rappelant les paroles du témoin oculaire.

— Que faisiez-vous lundi dernier en soirée ?

L'interviewée sourit.

— Comme tous les lundis, je vais dans une maison de retraite à proximité de mon domicile, comme bénévole. J'y passe toute l'après-midi et je rentre chez moi vers 20 h 00.

— Pouvez-vous écrire l'adresse sur ce bout de papier ? propose l'enquêtrice en lui tendant son stylo et une feuille de son carnet.

— Voilà.

— Nous allons vous garder ici le temps de vérifier votre alibi.

Tous se lèvent et Anna Esse, grande et droitière, suit un gardien.

§

De retour à son bureau, Christelle Limière pense à la suspecte. Elle imagine difficilement une femme portant une croix être mêlée à une affaire criminelle. Mais elle ne doit surtout pas se fier aux apparences.

Elle s'adresse à la brigadière major :

— Viens, Véra ! Nous allons vérifier son alibi à la maison de retraite pendant que les hommes s'occuperont des photos et compareront son ADN à celui des cheveux retrouvés dans la Scénic !

Dans la Citroën, la passagère confie ses doutes sur l'implication d'Anna Esse dans l'assassinat de Stéphane Barrer.

Au centre de Perpignan, la jeune directrice de la maison de retraite les reçoit aimablement et répond à leur question :

— Vous me parlez bien du lundi 3 février ?

— Oui.

— Ce jour-là, elle n'est pas venue. Elle m'a téléphoné le matin en prétextant un rendez-vous urgent.

Les policières se dévisagent :

— Vous êtes sûre de vous ? s'étonne la commandante.

— Oui, tout à fait. En neuf mois, elle ne s'est absentée que deux fois.

— Ah ! Merci de cette information. Nous allons vous convoquer au commissariat pour signer la déclaration.

— Bien sûr.

Dans la voiture, les deux femmes se posent beaucoup de questions : est-ce un mensonge volontaire ou s'est-elle tout simplement trompée de jour ?

Pourtant, la suspecte connaît l'importance de cette justification. Elles imaginent que Natan lui a confié cette mission afin qu'elle mette un terme à la vie impossible que lui rendait Stéphane Barrer.

§

Un peu plus tard, Anna Esse pénètre dans la salle d'interrogatoire où l'attendent de pied ferme Christelle Limière, Véra Weber et Jacques Louche.

La commandante fait un signe en direction de la caméra et appuie sur un bouton de son magnétophone :

— Vous nous confirmez donc que vous étiez lundi dernier en soirée à la maison de retraite ?

— Oui.

— C'est faux. Vous avez décommandé votre visite le matin car vous aviez un rendez-vous urgent.

Matthieu avait découvert cet appel sur son portable le lundi à 9 h 32.

La suspecte marque quelques secondes d'hésitation et réfléchit longtemps, trop longtemps. Le lieutenant sait que, lorsque les réponses ne sont pas spontanées, elles débouchent souvent sur des justifications calculées et inexactes.

— Ah oui ! Ce jour-là, je n'y suis pas allée, avoue-t-elle, sans mesurer l'ampleur de sa méprise.

— Où étiez-vous ?

Nouveau long moment de réflexion. Les enquêteurs devinent qu'elle se souvient, mais qu'elle hésite à parler.

— Heu...

— Donc, je repose ma question qui est très importante : où étiez-vous le lundi 3 février vers 19 h 00 ?

Nouvelle pause.

Une minute plus tard, dans un silence pesant, des coups se font entendre à la porte. Matthieu apparaît :

— Je peux vous voir, commandante ? C'est urgent !

Christelle Limière sort de la pièce et referme la porte derrière elle.

— Un technicien de la scientifique est venu me voir pour deux raisons : d'abord sa jupe bleue ne correspond pas aux fibres retrouvées à l'arrière de la Scénic, et c'est d'ailleurs pour cela qu'il ne s'est pas manifesté plus tôt.

Elle se souvient que les spécialistes n'étaient pas sûrs à cent pour cent que cette trace date du jour du drame.

— Et...

— Par contre, l'ADN d'Anna Esse « matche » avec les cheveux trouvés sur le siège.

— Oh ! Ils en sont sûrs ?

— Oui. Ils ont vérifié à plusieurs techniciens. Ils l'ont confirmé par écrit. Tenez ! dit-il en lui tendant l'attestation.

Elle lit attentivement le document.

— Merci Matthieu, répond-elle, interloquée par ce qu'elle vient d'apprendre.

« C'est une sacrée comédienne ! » pense-t-elle.

Elle pénètre à nouveau dans la salle d'interrogatoire et prend le temps de s'asseoir. Des regards interrogateurs la dévisagent.

— Je sais où vous étiez ce soir-là. Vous avez passé une partie de la soirée avec Stéphane Barrer. La police technique et scientifique vient de nous confirmer que les cheveux retrouvés dans la voiture de la victime sont les vôtres.

Autant la suspecte que le couple d'enquêteurs, tous regardent la locutrice avec de grands yeux étonnés.

Jacques Louche se saisit du document de la scientifique et le parcourt des yeux.

— Mince ! lance-t-il, très surpris.

— Ce n'est pas possible, soumet-elle. J'avais rendez-vous chez un masseur-kinésithérapeute et je ne veux pas que Natan le sache. Je me suis trompée pour la date de ma présence à la maison de retraite. Avec ce décalage horaire, je suis très fatiguée.

— Donnez-nous les coordonnées de votre masseur !

L'information est notée. La commandante veut faire avouer Anna Esse :

— Comprenez bien, madame, qu'avec votre mensonge à l'heure de l'assassinat de Stéphane Barrer et votre trace ADN trouvée à l'arrière de la voiture de la victime, nous en savons suffisamment pour vous inculper d'assassinat et vous envoyer aux assises. Maintenant, il faut nous dire la vérité.

— Non, je vous l'assure. J'ai passé la soirée au cabinet de cet homme, répond l'interviewée en regardant Christelle Limière dans les yeux.

— Nous allons vous placer en garde à vue en attendant d'autres vérifications. Et vous pouvez aussi prendre un avocat.

— Je peux téléphoner ? demande-t-elle.

— À un défenseur, mais pas à votre mari. Lieutenant, vous vous chargez du téléphone pour l'avocat ?

— Bien sûr.

Tous se lèvent et un gardien pénètre dans la pièce.

§

Dans le bureau des enquêteurs, la commandante apostrophe Véra :

— Un petit massage, ça te tente ?

— Non, pas un petit. Je veux la totale, répond-elle avec un grand sourire.

Elles quittent la pièce en riant sous le regard éberlué des deux hommes.

Dans ce complexe médical, la secrétaire du masseur-kinésithérapeute, avec beaucoup de méfiance, reçoit les deux femmes.

— Il est en consultation, dit-elle, même si elle observe la plaque de policier sous ses yeux.

— Nous enquêtons sur un meurtre et nous souhaitons le voir tout de suite, exige Christelle Limière.

Elle décroche son téléphone. Une sonnerie proche résonne longtemps. Enfin, les deux enquêtrices l'entendent hurler dans le combiné :

— Je vous avais dit de ne pas me déranger !

— La police veut vous parler.

— J'arrive dans cinq minutes.

En fait, elles attendront dix minutes.

Une femme d'une quarantaine d'années sort du salon, un rictus au coin de la bouche.

Tout de suite, sans y être invitées, les policières pénètrent dans la pièce. À côté, l'homme se lave les mains.

Le masseur n'est plus tout jeune, mais, sous son tee-shirt blanc, il développe une belle musculature. La commandante ne veut pas perdre de temps et actionne son enregistreur qu'elle tenait à la main :

— Nous enquêtons sur un meurtre. Avez-vous une cliente qui s'appelle Anna Esse ?

— Heu... Oui.

— Quand l'avez-vous reçue dernièrement ?

Il montre un air contrit qui surprend les deux femmes. Il passe derrière son bureau et consulte son agenda :

— Elle venait au moins deux fois par semaine, et, la dernière fois, c'était le 30 janvier. Et, depuis, elle n'est pas revenue.

— Je vois que son nom a été rayé le lundi 3 février à 19 h 00. Pourquoi ?

— Heu... Elle n'est pas venue ce soir-là.

— Sans vous prévenir ?

— Sans me prévenir, répète-t-il.

— Nous vous demandons de passer au commissariat central le plus rapidement possible pour signer votre déposition.

— Heu... Oui.

Dans la voiture, les enquêtrices éprouvent des sentiments mitigés. Bien sûr, elles pensent qu'Anna Esse leur a encore menti, et Christelle Limière comprend que ces mensonges successifs vont confirmer sa mise en détention provisoire.

Mais, d'un autre côté, le masseur-kinésithérapeute ne leur a pas fait une bonne impression. Il semblait hésitant, voire gêné, comme s'il pesait précautionneusement ses réponses.

— Véra, tu prépareras sa déposition et tu lui liras ses droits.

— D'accord.

§

Au commissariat, elles apprennent que l'avocat de la suspecte viendra à 14 h 00.

La commandante avertit Roger Croussard des deux faux alibis d'Anna Esse et l'informe sur la venue de son défenseur.

À son bureau, un peu avant midi, elle reçoit un appel d'Émilie Ingrat : les deux amies décident d'accepter l'invitation à dîner de Sophie et de Vanessa.

La journaliste se charge de les prévenir et, dix minutes plus tard, rappellera la policière :

— Nous sommes invités demain soir, annonce-t-elle.

— C'est parfait.

« Cette soirée arrive à point pour m'évader un peu de mes soucis professionnels », pense-t-elle.

Vers 13 h 00, le groupe d'enquêteurs va déjeuner dans une restauration rapide à proximité. Ils sont tous les quatre assis à l'écart des autres consommateurs. Aussi, quand Jacques Louche pose des questions sur le masseur, Christelle Limière l'informe sur l'attitude équivoque de l'homme.

Il donne son avis et imagine que l'enquête est « pliée », que la suspecte avoue ou nie les faits. Matthieu est de son avis.

Comme sa supérieure, Véra semble plus partagée.

Quelques éléments ne cadrent pas pour la commandante qui préfère en parler d'abord au commissaire.

§

En début d'après-midi se présente l'avocat d'Anna Esse. La quarantaine grisonnante, les cheveux coupés ras, il dégage beaucoup de prestance. Il s'entretient vingt minutes avec sa cliente.

Le commissaire Croussard, ne connaissant pas parfaitement le dossier, demande à Christelle Limière de questionner la suspecte en se faisant assister.

Dans la grande salle d'interrogatoire, Jacques Louche apporte une cinquième chaise. Les deux équipes sont maintenant installées face à face. La commandante pose son enregistreur sur la table et fait un signe en direction du technicien, derrière la vitre.

Elle présente la chronologie des faits :

— Je vais résumer succinctement l'affaire pour maître Dix. Nous enquêtons sur l'assassinat de Stéphane Barrer, dans sa voiture stationnée proche de la tour Madeloc, le lundi 3 février 2014 entre 18 h 30 et 19 h 30, dixit le médecin légiste. Nous avons trouvé l'arme du crime, un couteau de boucher, proche du véhicule. Natan Esse, le responsable de la boucherie dans la grande surface où exerçait la victime, a reconnu son ustensile de travail. Sur le siège arrière de la Scénic, les techniciens ont découvert une mèche de cheveux dont l'ADN appartient à votre cliente. Après deux alibis avérés faux, Anna Esse a été placée en détention provisoire. Maintenant, maître, nous vous écoutons.

Devant les preuves énoncées, l'homme relit ses notes et se tourne vers sa voisine.

— Je souhaite revenir sur un point : le deuxième alibi de ma cliente. Je vais lui laisser la parole, car les faits ne peuvent être narrés que par elle.

Tous les yeux se tournent vers la suspecte. Elle semble gênée. Elle patiente quelques secondes et prend une profonde inspiration :

— Je vous ai caché volontairement ce rendez-vous chez mon masseur ce soir-là pour une raison très personnelle. Lors de notre dernière séance, le 30 janvier, ses massages sont subitement devenus plus ciblés et mon manque de réaction face à ces attouchements intimes l'a conforté. J'avoue que je me suis laissé prendre à son jeu et je l'ai laissé faire. Le soir, je n'ai rien dit à Natan. Mais je me sentais tellement coupable et salie que j'ai décidé de ne plus me rendre à son cabinet.

— Pourquoi n'avez-vous pas annulé le rendez-vous du lundi 3 février ? demande la commandante.

— Je ne savais pas comment lui présenter mon annulation.

— Et pour l'alibi de la maison de retraite ?

— J'ai confondu les jours. M'interroger après un décalage horaire de six heures n'était pas une bonne idée !

— Mais si vous n'êtes allée ni à la maison de retraite ni chez votre masseur, qu'avez-vous fait ?

— Je... Je suis restée chez moi pour effectuer mes tâches ménagères.

— Avez-vous passé ou reçu un appel téléphonique à ce moment-là ? Ou vous êtes-vous servi de votre ordinateur ?

— Heu... Non.

Les enquêteurs se regardent.

— Et comment expliquez-vous votre ADN sur le siège arrière de la Scénic ?

Maître Dix intervient :

— Est-ce que la police scientifique vous a transmis un rapport écrit ?

— Oui. Tenez !

L'homme lit attentivement le document. Puis il se tourne vers sa cliente.

— Je n'ai jamais été dans sa voiture et je ne comprends pas la présence de cette trace ADN.

À ce moment-là, Christelle Limière regarde la croix autour de son cou. Les explications de ses faux alibis semblent cohérentes, mais elle sait que l'ADN est une preuve irrécusable. Elle pense que son mari l'a convaincue afin qu'elle se rapproche de Stéphane Barrer. Et cette croix ? Non, elle ne les imagine pas jouer une partition aussi macabre, mais les preuves sont impitoyables.

Véra Weber et Jacques Louche observent leur voisine et attendent son intervention.

— Aujourd'hui mercredi 12 février 2014, à 14 h 50, nous vous mettons en examen pour l'assassinat de Stéphane Barrer, avec préméditation. Vous rencontrerez le juge d'instruction probablement demain.

Les cinq personnes présentes se lèvent et Anna Esse suit un gardien tout en parlant à son avocat.

§

À peine sont-ils arrivés dans le bureau des enquêteurs que Roger Croussard les invite autour de sa table de travail.

Plutôt que d'entendre Christelle Limière seule, il préfère bénéficier de l'avis de tous. Même Matthieu veut être tenu au courant des aveux espérés !

— Alors ? questionne le commissaire en regardant son adjointe.

Celle-ci raconte l'interrogatoire et surtout les réponses surprenantes d'Anna Esse. Mais elle ne livre pas son intime conviction.

— Lieutenant, qu'en pensez-vous ?

— Sur ce que j'ai entendu tout à l'heure, j'en conclus que la suspecte, ce soir-là, n'était ni à la maison de retraite ni chez son masseur, et nous n'avons rien pour vérifier sa présence chez elle. Elle a très bien pu se rendre avec la victime à la tour Madeloc et son ADN sur le siège de la Scénic l'accable.

— Matthieu, et les photos du bas de son visage ? questionne Christelle Limière.

— Il y a une petite ressemblance, mais je ne suis pas sûr à cent pour cent.

— Véra ? enchaîne son supérieur.

L'enquêtrice est surprise de l'entendre appeler la brigadière major par son prénom.

— Bien sûr, sur le fond, le lieutenant a raison. Natan et Anna Esse sont peut-être de très bons comédiens. Ses employés à la boucherie lui ont tellement mené la vie dure qu'il ne lui restait plus que cette solution, qui me paraît d'ailleurs disproportionnée. Mais les preuves sont là.

— Commandante ?

— Ces événements me rappellent l'inculpation d'Huguette Ménard à Saint-Cyprien il y a deux ans[4]. Beaucoup de preuves et la sensation d'avoir devant nous une suspecte qui n'est pas en adéquation avec les faits qui lui sont reprochés. Anna Esse est en détention, mais je vous demande de continuer la surveillance de Valérie Barrer, de son portable et de la balise sous sa voiture. J'aimerais aussi que nous établissions un bornage du téléphone

---

[4] Guy Raynaud *L'énigme de la plage de l'Art*

d'Anna Esse le lundi 3 février et que nous effectuions une enquête de personnalité sur le couple Esse.

Roger Croussard passe sa main sur son crâne pelé et dévisage les policiers autour de la table.

Véra Weber remarque que nous avons tous nos propres gestes et attitudes singulières lorsque nous réfléchissons profondément.

— Dans l'immédiat, vous allez préparer le dossier policier de cette affaire destiné au juge d'instruction. Puis vous continuerez les investigations que la commandante a proposées. Vous êtes tous d'accord ?

— Oui, lance le groupe.

Christelle Limière est satisfaite : son supérieur abonde dans son sens et il reconnaît la valeur de son instinct d'enquêtrice.

— Merci commissaire, dit-elle en se levant.

Elle revient avec son équipe dans le bureau des enquêteurs.

— Matthieu, tu fais le nécessaire pour le bornage du portable d'Anna Esse et, après, tu t'occuperas des relevés téléphoniques de Valérie Barrer. La brigadière major et le lieutenant prépareront le dossier destiné au juge. Pour l'enquête de personnalité du couple Esse, nous nous organiserons demain.

La commandante quitte la pièce la tête basse, sous le regard bienveillant de Véra.

§

Ce soir, au téléphone, Christelle Limière avait conversé un long moment avec son amie Émilie Ingrat. Naturellement, elle l'avait renseignée sur l'inculpation d'Anna Esse. Elle lui avait précisé son rendez-vous chez le juge d'instruction demain à 15 h 00.

Mais elle n'avait pas parlé de ses doutes concernant la culpabilité de la suspecte. Tant qu'elle ne ressent pas de convictions intimes, elle ne veut pas trop s'épancher sur ses indécisions.

Elle sait que, souvent, des éléments inattendus et surprenants peuvent remettre en cause les certitudes de la veille. Une enquête peut rebondir à tout instant.

Elle sourit en pensant que c'est aussi ce qui fait le charme de ce métier.

Chapitre IX

— Ah ! Je ne te l'avais pas dit ? Elles ont prévu une soirée naturiste. Ça ne te dérange pas ?

— Ben... Non.

À leur arrivée à l'appartement, Sophie ouvre la porte d'entrée entièrement nue. Elle tient une coupe de champagne à la main. Christelle sourit : « Après le côté fesse, le côté face. »

La pigiste fait une bise aux derniers arrivants. Vanessa s'approche et fait de même. La commandante remarque sa belle et généreuse poitrine.

Les deux invitées entendent un brouhaha dans la pièce principale.

Sur le côté du hall d'entrée, elles pénètrent dans une chambre où des vêtements féminins sont entassés sur un lit.

La journaliste et la policière se déshabillent. En entrant nue dans le salon, l'enquêtrice reconnaît Édith, Anna et Mylène qui parlent fort. Cette dernière se confie :

— Mais je te dis que c'est moi qui ai tué Stéphane !

— Non, c'est moi ! Il m'a donné le couteau de Natan, précise Anna.

— Non, c'est moi. Je l'aimais tellement que je n'ai pas accepté qu'il me trompe, avoue Édith.

Les deux nouvelles venues s'avancent vers elles pour les saluer.

Soudain, la sonnerie de la porte d'entrée retentit :

— Tu attends encore quelqu'un, Sophie ? demande Vanessa.

— Non.

— Va ouvrir la porte, s'il te plaît !

La sonnerie tinte toujours et ne s'arrête pas.

Christelle Limière sursaute dans son lit et appuie sur un bouton du réveil.

§

Le jeudi 13 février, une pluie fine surprend les Perpignanais.

Au bureau des enquêteurs, vers 8 h 00, la commandante va saluer toute son équipe. Il reste encore quelques éléments à inclure dans le dossier policier destiné au juge. Le lieutenant assure qu'ils auront terminé en milieu de matinée.

Elle leur rappelle l'enquête de personnalité sur le couple Esse qu'ils doivent entreprendre au plus tôt.

Puis, à sa table de travail, elle parcourt à nouveau les dépositions et essaie d'imaginer toutes les situations possibles : une ancienne connaissance délaissée et assoiffée de vengeance que Stéphane Barrer aurait rencontrée par hasard. Ou une amie de Valérie qui, en la circonstance, jouait le rôle d'exécutrice et dont l'ancien métier était enquêtrice, parce qu'il fallait tout de même d'excellentes compétences dans ce domaine pour déjouer tous les pièges des investigations.

Perdu dans ses suppositions souvent fantasques, elle n'entend pas Matthieu entrer. Il tousse, puis l'informe que la vidéo de la semaine dernière ne lui a rien appris et que le bornage du portable d'Anna Esse arrivera demain en milieu d'après-midi.

Elle le remercie et se replonge dans son dossier qui ressemble à un labyrinthe, dont elle n'aperçoit pas la sortie. S'abstraire pour faire le tri entre les évènements factuels et les supputations irréalisables !

Vers 13 h 00, Matthieu Trac l'emmène avaler un sandwich. Il signale que Valérie Barrer passe de longs moments au téléphone avec une femme. Il a fait des recherches en s'aidant de son numéro de portable.

Comme à son habitude, il marque un temps de silence.

— Alors ? interroge sa supérieure, impatiente.

— C'est son amie Mathilde qui habite aussi à Sorède. Les deux femmes s'appellent deux à trois fois par semaine et vont quelquefois faire leurs courses ensemble. J'ai réussi à obtenir son adresse.

— Essaie de savoir ce qu'elle fait ou a fait comme métier, demande la commandante en pensant à celui d'enquêtrice.

— Ah ! Oui, bien sûr. Je vous tiens au courant.

§

Vers 16 h 30, Roger Croussard lui apprend que le juge a validé la mise en examen d'Anna Esse. Il ne s'est pas opposé à l'idée de continuer à surveiller la veuve.

Une heure plus tard, Matthieu vient l'informer du métier de Mathilde, l'amie de Valérie Barrer : coiffeuse à mi-temps dans un salon renommé de Perpignan.

Déçue, Christelle Limière le remercie et continue ses lectures.

Beaucoup trop de points noirs et de pistes irrésolues tapissent cette affaire. La policière devine un manque, une pièce du puzzle qu'elle n'a pas vue.

Attendre, et attendre encore ! Jusqu'à ce que la manne du destin apporte la solution à cette énigme. Enfin, c'est ce qu'elle espère !

À moins que cet échec laisse pour toujours des stigmates dans sa carrière. Le souvenir de l'enquête d'Huguette Ménard montre à nouveau le bout de son nez.

Aujourd'hui, la grande femme inconnue dans sa houppelande de laine a gagné, mais pour combien de temps ? Les liens qui la rattachent à elle prennent la forme d'une vidéo trop floue et d'une petite voiture claire stationnant au Col de Mollo.

Le mystère de la tour Madeloc s'épaissit un peu plus.

Vers 20 h 00, chez Sophie et Vanessa Place, dans cet appartement qu'elle connaît, Christelle Limière participe à une excellente et amusante soirée, pleine de joie de vivre et de fantaisie. Elle apprécie particulièrement le don d'imitatrice de la pigiste de *L'Indépendant*, qui possède un esprit délié. Chacune de ses interventions suscite des rires inextinguibles et des applaudissements nourris.

Elle appréhendait la rencontre entre Émilie et Sophie, mais les deux femmes ne laissent rien paraître de leur ancienne vie commune.

À un moment donné, la commandante, perdue dans ses pensées oniriques, fixe la poitrine de Vanessa.

— J'ai fait une tache sur mon corsage ! s'étonne la DRH devant le regard figé de l'enquêtrice.

— Oh ! Excuse-moi ! Je suis dans la lune.

— Tu travailles trop. Tu devrais davantage penser à t'amuser.

— Oui, probablement.

Et la conversation dévie sur les dernières vacances des deux sœurs en Asie.

Aux alentours de 23 h 00, en quittant l'appartement de Vanessa, Émilie Ingrat dépose Christelle Limière devant son immeuble. Les deux amies sont ravies de cette agréable soirée entre femmes.

Chapitre X

Le vendredi 14 février à 8 h 10, Christelle Limière constate que Véra Weber et Jacques Louche sont absents. Matthieu l'informe que le lieutenant est venu à son domicile ce matin pour continuer leur enquête de personnalité sur le couple Esse.

Le technicien précise aussi que le masseur d'Anna Esse n'a pas encore signé sa déposition.

Sa supérieure demande de lui téléphoner pour exiger une visite rapide au commissariat. Elle veut aussi qu'il entreprenne une recherche sur le passé de l'individu dans le fichier de la police nationale.

Pour son enquête, elle le sollicite encore afin qu'il vérifie si une affaire similaire a été recensée en France ces six derniers mois. Elle énumère les critères : une femme poignardant un homme dans sa voiture, lors d'une séance amoureuse.

Puis elle se replonge une fois de plus dans les déclarations des suspectes.

Aux environs de 16 h 00, le bornage du portable d'Anna Esse arrive. Délaissant la relecture du dossier pour l'une et l'exploration des affaires antérieures pour l'autre, la commandante et le technicien s'installent dans une salle d'interrogatoire et analysent les éléments reçus. Ils vérifient si la prévenue aurait pu se trouver à proximité de la tour Madeloc le 3 février vers 19 h 00.

Une demi-heure plus tard, leurs recherches sont infructueuses : son portable n'a émis aucun signal, que ce soit à Perpignan ou dans la région. Elle a aussi pu l'éteindre volontairement.

Vers 18 h 30, Véra Weber et Jacques Louche poussent la porte de son bureau. Ils signalent n'avoir rien découvert de surprenant dans le passé du couple Esse.

En cette fin de semaine où les pistes soulevées sont toutes vouées à l'échec, progressivement, le service du commissaire Croussard se vide.

Même si le procureur semble satisfait du résultat de cette enquête, Christelle Limière devine qu'Anna Esse n'est pas la vraie coupable.

Un moment, elle évoque l'éventualité de convoquer le responsable de la boucherie et lui faire part de ses doutes. Mais cela pourrait être interprété comme un échec de son équipe. Aussi, elle y renonce.

Chapitre XI

Le lundi 17 février 2014, vers 10 h 00, Véra Weber vient remettre le rapport de l'enquête de personnalité du couple Esse à sa supérieure, une fois de plus plongée dans les interrogatoires d'Édith, malgré sa déficience de centimètre, de Mylène et sa déception amoureuse et d'Anna sans vérifiable alibi ce soir-là.

Elle sourit en pensant à son rêve qui les avait réunies toutes les trois dans le plus simple appareil.

Christelle Limière prend le temps de lire ce rapport et, elle non plus, n'aperçoit pas de nouvelle piste.

Dans le bureau des enquêteurs, la brigadière major, le lieutenant et le technicien sont plongés dans les affaires criminelles passées. Ils y passeront la journée.

Véra sera dérangée par la venue du masseur-kinésithérapeute d'Anna Esse. Elle lui lit ses droits et il signe sa déposition.

Matthieu fera remarquer à la commandante que quelques « mains courantes » ont déjà montré les attouchements pernicieux de cet homme.

Jacques Louche signale que l'expression « mains courantes » prend ici tout son sens. Il fait rire tout le groupe.

La policière sait qu'Anna, au vu de son caractère, ne portera pas plainte.

Vers 18 h 00, ils viennent tous les trois rendre compte : aucun dossier similaire en France. Ils ont fouillé dans les archives nationales jusqu'en janvier 2013.

Roger Croussard les avait observés de loin. Il était partagé entre la satisfaction du juge d'instruction et du procureur de la République, et les doutes manifestes qui habitaient les femmes de son équipe.

Le lendemain, les quatre enquêteurs relisent encore une fois tous les éléments de cette enquête. Les extrapolations les plus folles seront évoquées. Aucune nouvelle piste.

Le mercredi 19 et le jeudi 20 février, les affaires courantes reprendront le dessus. Seul Matthieu lui rappellera, de temps en temps, l'assassinat de Stéphane Barrer en l'informant qu'il n'a rien détecté d'anormal sur le portable de la veuve et sur la balise de surveillance de son Audi.

Alors que tous commençaient à oublier ce dossier à demi résolu, le commissaire allait leur annoncer un nouvel événement tragique, peut-être une manifestation du destin...

Chapitre XII

Commissariat central de Perpignan – vendredi 21 février 2014

Vers 8 h 30, Roger Croussard entre en trombe dans le bureau de Christelle Limière :

— Réunion dans cinq minutes ! lance l'homme d'une voix autoritaire.

Tout de suite, elle comprend : il y a du nouveau concernant l'affaire en cours.

Installés autour de la table de travail, les policiers attendent le fait inattendu, l'erreur de la meurtrière qui va faire rebondir et aboutir cette enquête.

Le commissaire s'assoit et enchaîne rapidement :

— Tôt ce matin, un homme a été retrouvé mort dans un canal d'irrigation à Saint-André, au chemin du ruisseau du moulin. Le procureur nous a attribué le dossier. Les gendarmes d'Argelès-sur-Mer sont sur place et vous attendent. La police scientifique a été prévenue. J'ai noté l'adresse sur ce bout de papier. Vous me rendrez compte, commandante ?

— Oui, bien sûr, répond-elle, persuadée d'avoir déjà entendu ce refrain.

Les participants se lèvent et tous se posent la même question : et si l'inconnue de la grande surface avait encore frappé ?

Christelle Limière demande à Matthieu de rester à son bureau.

§

À Saint-André, au milieu d'une zone pavillonnaire, la commandante a éprouvé beaucoup de difficultés à trouver le lieu où sont stationnées les deux voitures des gendarmes.

À travers le lacis des feuilles, quelques rayons de soleil procurent davantage de luminosité à la scène de crime.

Pendant que Véra Weber s'approche d'une Renault Mégane aux couleurs d'un groupe international de bâtiment, Christelle Limière se dirige vers le major de la gendarmerie et se présente. Puis elle enchaîne :

— Qui a découvert le corps ?

— Un Andréen qui promenait son chien. Il nous a téléphoné vers 7 h 00.

— Pouvez-vous regarder si ses papiers sont dans le véhicule ?

— Oui, bien sûr.

Il s'absente quelques secondes et revient avec une petite sacoche qu'il lui tend.

— Merci. Nous la rendrons à la veuve dès son arrivée.

Elle entraîne la brigadière major dans la Citroën et les deux femmes analysent ses papiers. Elles se répartissent les documents et prennent des notes sur leur carnet. La commandante découvre son nom : Robert Cate. Elle place sa carte d'identité dans la poche de son jean. Véra Weber relève les coordonnées de sa banque.

Puis les deux policières reviennent vers la scène de crime.

Christelle Limière observe les abords. D'un côté, l'environnement est dégagé et le drame a pu être observé par un voisin, même si les murs de séparation entre les maisons sont élevés. De l'autre côté, derrière le canal d'irrigation, sur la berme, une haute clôture opaque avait dissimulé l'accident et de grands arbres assombrissaient les lieux. L'endroit n'avait pas été choisi au hasard.

Elle s'avance vers la saignée bétonnée. En contrebas, un homme est étendu, inerte, les pieds dans un maigre filet d'eau et la tête baignant dans une mare rouge. Manifestement, il est tombé et a heurté le rebord en béton.

La brigadière major, portable à l'oreille, doit être en discussion avec Matthieu. Passer par son entreprise devrait leur permettre d'obtenir d'autres informations sur la victime.

À proximité, Jacques Louche émet déjà des hypothèses :

— Je n'ai rien aperçu de suspect aux alentours. Il est peut-être tombé tout seul ?

— Ou bien on l'a poussé. Nous passerons un appel à témoins, répond sa supérieure.

Elle sait que les hommes de la police scientifique ne peuvent définir les circonstances d'un drame. Ils apportent uniquement de précieuses informations techniques.

Véra Weber se joint à eux :

— Il occupe la fonction de responsable du matériel dans cette société de BTP.

— Et sa femme ?

— Le major de la gendarmerie l'a contactée. Elle ne devrait pas tarder.

La voiture de la PTS[5] se gare derrière la Citroën. Les techniciens en blanc saluent les enquêteurs et s'affairent autour de Robert Cate et de sa voiture. Ils prennent des photos de la victime sous tous les angles.

Des voisins trop curieux viennent aux nouvelles et sont repoussés par les gendarmes.

Cinq minutes plus tard, leur responsable communique ses premières impressions :

— Au moment des faits, il était ivre mort.

---

[5] Police Technique et Scientifique

« La victime a donc pu, sous l'emprise de l'alcool, trébucher et tomber dans le canal. Il peut s'agir d'un banal et triste accident », pense l'enquêtrice.

Mais le lieu du drame, bien caché et éloigné d'une importante rue desservant plusieurs quartiers, entraîne quelques doutes dans l'esprit de Christelle Limière.

— Comment a-t-il pu conduire sa voiture jusque-là ? note celle-ci.

— Ce n'est peut-être pas lui qui pilotait ! objecte le gradé.

— C'est possible. Avait-il son portable sur lui ?

— Oui, je vous le donne tout de suite.

Elle le saisit avec ses gants, l'enveloppe dans une poche en plastique transparent et le confie à la brigadière major :

— C'est pour Matthieu !

Plus tard, une Clio blanche freine brusquement et en descend une grande et belle femme blonde d'environ 40 ans à l'allure dynamique, habillée d'un jean et d'un pull.

Sans un seul regard pour les personnes présentes, elle se précipite vers le canal et s'arrête net. Elle met sa main devant la bouche et pousse un cri. Elle s'apprête à descendre pour rejoindre le corps quand un technicien de la scientifique s'interpose :

— Non, madame. N'allez pas plus loin, s'il vous plaît !

— Ah bon ? Pourquoi ?

— Nous prenons toujours cette précaution.

Surplombant la victime, elle s'agenouille sur la bordure en béton et, la bouche ouverte, s'immobilise.

À quelques mètres d'elle, la policière l'entend pleurer. Elle la laisse seule deux minutes, puis s'approche :

— Bonjour. Je suis la commandante Limière. Je peux vous parler ?

— Bonjour, Audrey Cate. Oui, bien sûr, répond-elle après s'être levée.

L'enquêtrice brune remarque qu'elle doit mesurer environ un mètre soixante-quinze. Elle lui adresse ses sincères condoléances.

Elle observe attentivement sa vis-à-vis : large visage, lèvres charnues et grands yeux. C'est une dilatée.

— Merci. Vous vous rendez compte ? Mourir d'un stupide accident ! lance la veuve.

— Pour le moment, nous étudions toutes les circonstances.

— Oui. Bien sûr !

— Est-il rentré de son travail hier soir ?

Audrey Cate ne peut mentir.

— Non.

— Vous vous êtes inquiétée ?

— Oui, j'ai appelé les gendarmes d'Argelès-sur-Mer qui ont noté mon appel et l'immatriculation de sa voiture de société.

— Et après ?

— Je ne me suis pas affolée. Il lui est déjà arrivé de dormir dans son véhicule.

— Pourquoi ? Parce qu'il est souvent ivre ?

La veuve, éberluée, fixe la policière. « Ah bon ? Ils savent déjà ? De toute façon, tôt ou tard, ils l'apprendront. »

— Oui, répond-elle faiblement.

— Savez-vous dans quel café il avait l'habitude de se rendre ?

Elle donne le nom d'un bar d'Argelès-sur-Mer.

— Travaillez-vous ?

— Oui. Je suis directrice d'une agence immobilière au Boulou, dit-elle en tendant sa carte professionnelle.

Probablement une habitude commerciale.

Christelle Limière la sollicite pour recevoir une photo récente du visage de Robert afin de passer un appel à témoins dans la presse.

Puis les deux femmes conviennent d'un rendez-vous à son domicile aux alentours de 14 h 30.

Tout à coup, le portable sonne dans la poche de son jean : Matthieu.

— Je t'écoute, dit-elle en s'isolant.

— Robert Cate est connu des services de gendarmerie, car il a déjà été jugé pour avoir renversé une femme alors qu'il était soûl.

— Et...

— La victime est morte.

— Ah ! Il y a longtemps ?

— En 2010.

— Et ...

— Il a pris quelques mois de prison.

— Merci. À tout à l'heure !

Se rapprochant d'Audrey Cate, Christelle Limière lui remet la sacoche de son défunt mari et signale qu'elle a gardé sa carte d'identité et son portable. Elle lui rendra ces pièces prochainement.

Puis la veuve marche vers sa voiture, la tête baissée.

Le responsable de la scientifique informe l'enquêtrice qu'elle recevra son rapport lundi prochain en fin de journée.

Un véhicule se gare à proximité. Elle reconnaît le médecin légiste et va le saluer. Il lui fera parvenir son rapport dès que possible.

La commandante réunit Véra Weber et Jacques Louche, et ils prennent la direction du café d'Argelès-sur-Mer où Robert Cate avait ses habitudes.

§

Il est environ 11 h 00 et c'est l'heure de pointe dans ce bar. Les tables à l'extérieur sont occupées.

Derrière le comptoir, deux femmes prennent les commandes et semblent très accaparées. Les trois gradés de la police nationale passent devant la caisse enregistreuse et s'avancent sur le côté, dans l'espace réservé au personnel. La plus âgée des serveuses, probablement la patronne, a remarqué leur manège et elle devine qu'elle n'a pas affaire à des consommateurs.

— C'est pour quoi ? demande-t-elle brutalement.

— Nous aimerions vous poser quelques questions sans trop vous déranger, répond Christelle Limière en montrant sa plaque de policier.

La barmaid paraît surprise et fixe sa vis-à-vis d'un regard interrogateur :

— Je vous écoute.

La carte d'identité de Robert Cate lui est montrée.

— Vous le connaissez ?

Elle chausse ses lunettes qui pendaient à son cou et affirme immédiatement :

— Ah oui ! C'est Robert. Qu'est-ce qu'il lui est arrivé ?

— Un accident la nuit dernière. Est-il venu hier soir ?

— Oui. Il est arrivé vers 18 h 30 comme d'habitude, et il est resté environ une heure.

— Était-il seul ?

— Oui et non. Au bar, il a discuté avec un homme, qui est d'ailleurs parti avant lui.

« Ah ! Voilà une piste ! » pense le lieutenant.

La commandante apprend que son client habituel était arrivé le premier et que les deux hommes ne semblaient pas se connaître.

L'autre serveuse vient la déranger en l'appelant par son prénom, Josiane. Mais celle-ci lui demande de patienter.

Puis la patronne raconte que c'était la première fois qu'elle le voyait et qu'elle n'a pas entendu son nom ou son prénom. Mais elle signale qu'elle pourrait le reconnaître car il possédait un visage émacié singulier.

— Nous établirons un portrait-robot de cet homme qui passera sur *L'Indépendant* demain matin. À quelle heure pourriez-vous passer au commissariat ?

— C'est en début d'après-midi que j'ai le moins de clients. 14 h 00, c'est bon ?

— Oui, parfait. Vous demanderez le brigadier Marquès.

— D'accord. C'est grave pour Robert ?

— Il est décédé.

— Oh !

— Merci pour ces infos et à tout à l'heure.

Munis de ces importants renseignements, les enquêteurs rentrent au commissariat, laissant Josiane et les consommateurs à leur interrogation.

En voiture, Jacques Louche fait travailler son imagination :

— Cet homme a pu attendre que Robert Cate pénètre dans le café pour y entrer à son tour. Puis il l'a abordé et ils ont discuté au bar. Plus tard, l'inconnu a décidé de partir plus tôt afin probablement d'éviter qu'ils quittent le bistrot ensemble. Cela aurait entraîné des soupçons. Dehors, il a attendu la victime et ils sont partis ensemble en voiture.

— Bravo lieutenant ! Vous devriez écrire des romans policiers. Vous avez beaucoup d'imagination. Mais je dois dire que votre scénario concorde avec les révélations de la patronne. Pouvez-vous téléphoner au brigadier Marquès afin qu'il reçoive Josiane, la tenancière du bar, pour établir avec elle un portrait-robot ? Dites-lui que je dois l'envoyer en milieu d'après-midi au journal !

— Ok, répond l'homme en saisissant son portable.

Dès leur arrivée, Matthieu Trac les renseigne sur la balise de surveillance sous la voiture de Valérie Barrer et sur son téléphone : rien d'anormal. Parfois, quand toutes les investigations ont été effectuées sans aucun résultat, un témoin tardif ou un fait anodin peut réactiver une enquête somnolente.

Concernant Robert Cate, le technicien s'était déjà procuré les comptes rendus, les procès-verbaux et la copie du jugement.

À son bureau, Christelle Limière consulte ces éléments. Elle a le sentiment que la justice avait été beaucoup trop clémente. Mais c'est aussi la sensibilité d'une femme qui s'exprime face à la violence des hommes.

Enfin, elle établit tout de suite son rapport sur cette matinée mouvementée afin de ne rien oublier.

§

Dans ce grand centre commercial d'Argelès-sur-Mer, la cliente franchit l'ouverture automatique des portes en poussant son caddie. Elle s'était apprêtée comme à chacune de ses sorties.

Sur sa droite, l'agent de sécurité la salue poliment.

En reconnaissant l'endroit, elle se souvient de sa rencontre avec un auteur de romans policiers il y a quelques mois.

Un peu plus loin, devant le présentoir des nouvelles parutions, un attroupement s'était formé. Elle s'était approchée.

Un homme d'un certain âge, les cheveux beaucoup plus sel que poivre, assis derrière une table encombrée de livres, dédicaçait ses derniers écrits. Elle avait lu l'affichette : « romans policiers ».

— Oh ! J'adore ! avait-elle dit.

— Approchez-vous madame ! avait conseillé l'écrivain.

Elle en saisit un et lit la quatrième de couverture. Acte élémentaire qui affiche le résumé de l'histoire, le prix du livre et, accessoirement, montre le visage du romancier.

Les thrillers, c'était sa passion ! Mais elle ne recherchait pas forcément ce que d'autres lectrices ou lecteurs briguaient. L'intrigue et la chasse aux meurtriers ne la passionnaient pas.

Elle était davantage attirée par les moyens déployés par la police nationale ou la gendarmerie afin de démasquer les auteurs de ces faits répréhensibles. Que cachaient les écoutes des portables et les balisages des voitures ? Quelles actions pouvaient entreprendre les enquêteurs pour découvrir le coupable ?

Elle s'était toujours demandé pourquoi les malfrats n'utilisaient pas ces lectures pour éviter certains pièges. Mais n'ouvrons pas la boîte de Pandore !

Dans les réflexions de son entourage, elle avait souvent entendu des panégyriques enflammés : quelle intelligence ! Quelle imagination !

Maintenant, autour d'elle, les autres clientes avaient continué leurs achats. Elle était seule avec l'homme. Elle s'était enquise de son parcours professionnel, très éloigné de celui d'un littéraire ou d'un policier, de son expérience d'auteur, du temps qu'il consacrait à l'écriture et de ses motivations.

Au fur et à mesure de leur discussion, elle s'aperçut qu'il s'informait sur ses goûts littéraires et sur ses occupations. Probablement pour l'orienter vers un roman correspondant à ses aspirations. Il ne parlait de leur contenu que très succinctement.

Il mettait l'accent sur ses excès d'inspiration et sur ses nuits entrecoupées d'éclairs de créativité. Voilà ce qu'elle recherchait : un écrivain doté d'une inventivité débordante !

— Quel est le plus surprenant, le plus imaginatif ? demanda la femme.

Sans hésiter, il posa son doigt sur une pile.

— Celui-là.

— Je le prends, répondit-elle, sans même regarder son prix.

— Voulez-vous que je le dédicace ?

— Non, car je ne sais pas encore à qui je vais l'offrir. Par contre, je prendrais bien votre carte de visite !

— Voilà.

— Merci.

— Bonne lecture !

Dans le caddie vide, elle place le livre sur le petit support devant elle. Peut-être pour ne pas mélanger les nourritures terrestres et les nourritures intellectuelles !

Enfin, cette grande et agréable femme s'éloigne dans l'allée, vêtue de son long manteau de laine.

§

Après un sandwich rapidement avalé, Christelle Limière réceptionne Josiane, la tenancière du bar d'Argelès-sur-Mer, à l'accueil. Elle la conduit auprès du brigadier Marquès et la remercie de s'être déplacée.

Puis elle pense à son rendez-vous chez la veuve. Elle prend l'adresse sur la carte d'identité de la victime et rappelle à la brigadière major qu'elle doit apporter le nécessaire pour les empreintes digitales et ADN.

Elle amène toute son équipe à Laroque-des-Albères.

Dans la Citroën, la conductrice demande aux deux hommes de procéder à une enquête de proximité.

Dans la rue de la Fontaine, la demeure paraît grandiose : un immense jardin, des palmiers et une magnifique piscine rehaussent encore le standing de l'ensemble. Travailler dans le secteur du bâtiment apportait quelques avantages !

La Clio blanche d'Audrey Cate est garée sur le côté de la maison, sous un auvent.

La propriétaire fait entrer les policières dans un vaste salon où un bar bien agencé et son comptoir occupent tout un côté de l'espace. Un chat burmese, sorti de nulle part, vient se frotter au jean de Véra.

Elles s'assoient sur des fauteuils en cuir blanc. Christelle Limière sort son enregistreur.

— D'abord, merci pour la photo du visage de Robert. Elle figurera demain sur *L'Indépendant*, avec celle de l'homme qui aurait pu l'accompagner.

— Ah !

L'enquêtrice remarque que la veuve, très étonnée, la fixe la bouche ouverte.

— Vous a-t-il confié qu'il avait un ami ou une relation avec qui il partageait son accoutumance dans ce bar d'Argelès-sur-Mer ?

— Heu... Non.

— Parlez-moi de vous !

Elles apprennent qu'elle a 38 ans, qu'elle est mariée depuis dix-sept ans et qu'elle a un fils unique, Antoine.

Puis la conversation vire à l'interrogatoire :

— Que faisiez-vous jeudi dernier en soirée ?

— J'étais ici avec Antoine.

La veuve avait répondu rapidement, comme si elle s'attendait à la question.

Christelle Limière continue de l'interroger sur l'addiction de Robert. Elle découvre qu'il a commencé à boire il y a environ dix ans et qu'il a provoqué un accident mortel en 2010. Il a été jugé, mais avec beaucoup trop de clémence à son goût et cela ne lui a pas servi de leçon.

À cette époque, après quelques mois de prison, il était emmené au travail par un de ses employés. Audrey Cate affirme que c'est la seule période pendant laquelle il n'a pas fréquenté les bars.

La commandante apprend qu'il a versé deux fois sa voiture de société dans le fossé et qu'il n'a pas été blessé.

Elle comprend l'exaspération de cette femme. Il pourrissait son existence.

Elle sait aussi qu'une addiction, que ce soit celle des jeux dans les casinos ou de l'alcool, peut être le chancre d'une famille. Certaines femmes s'en accommodent, d'autres pas !

— Travaillez-vous habituellement le samedi ?

— Oui.

— Quand a lieu l'enterrement ?

— Lundi à 9 h 00.

La policière allait demander de lui confier son portable, mais elle se ravise, pensant que des parents ou des amis pourraient l'appeler dans un moment aussi dramatique.

— Merci pour ces informations. La brigadière major va prendre vos empreintes et fera une photo de votre visage : c'est la procédure.

Véra Weber s'active pendant que sa supérieure observe l'agencement de la pièce.

Plus tard, dans la Citroën, elles attendent une dizaine de minutes le retour de Jacques Louche et de Matthieu Trac.

Dans la voiture, le lieutenant résume son enquête de proximité :

— Tous ses voisins savent que Robert buvait beaucoup, un alcoolique impénitent. Il ne voulait ni suivre une cure de désintoxication ni entendre parler de divorce. Le couple ne s'entendait plus et sa femme, un soir, a même refusé de lui ouvrir la porte d'entrée. Il a passé la nuit dans sa voiture de fonction. Heureusement, c'était en été. Ça devenait un désamour.

§

De retour au commissariat, les enquêtrices rendent visite au brigadier Marquès.

L'homme leur montre la photo du portrait-robot établie avec Solange. L'ami d'un soir de Robert Cate doit avoir la quarantaine et son visage maigre et anguleux semble facilement identifiable. La commandante souhaite recevoir le cliché par messagerie.

À son bureau, elle appelle Émilie Ingrat et l'informe de ce drame. Elle demande de passer un appel à témoins. Elle lui enverra les photos. Elle précise l'endroit où Robert Cate a été trouvé ce matin et estime le décès aux alentours de 20 h 00 hier.

La journaliste en profite pour l'inviter à dîner le soir.

Christelle Limière a une intuition. Elle regarde sur son carnet personnel. « C'est son anniversaire aujourd'hui. Mince ! J'ai oublié de le lui souhaiter ce matin. Je lui apporterai un bouquet », pense-t-elle.

Plus tard, Roger Croussard réunit son équipe.

La policière l'informe des premières investigations et de l'appel à témoins. Elle parle des personnes rencontrées, des informations collectées et évoque le scénario imaginé par Jacques Louche qui évoque son enquête de proximité.

Puis elle enchaîne :

— Demain matin, Véra se rendra à la banque du couple Cate pendant que nous répondrons aux appels des témoins que j'espère nombreux. Si la qualification de meurtre est confirmée, mardi, nous ferons une « perqui » au domicile de la veuve. Commissaire, il faudra une commission rogatoire !

— Lundi, je téléphonerai au juge. J'ai reçu un appel du légiste : son rapport arrivera lundi prochain en soirée.

Les enquêteurs quittent le bureau et, plus tard, le commissariat.

La commandante espère que des témoins ont assisté à la scène et, surtout, qu'ils auront le courage ou la présence d'esprit de faire avancer l'enquête.

Trop de spectateurs, souvent par peur, n'osent pas raconter aux policiers ou aux gendarmes ce qu'ils ont vu ou entendu ! Combien de passagers d'un wagon ou d'une rame de métro préfèrent se murer dans le silence par crainte de représailles ?

L'enquêtrice quitte de bonne heure son bureau, soucieuse d'offrir à son amie un beau bouquet de fleurs.

Chapitre XIII

Le samedi 22 février, la température est anormalement élevée, mais le ciel reste chargé et menaçant.

L'annonce est bien là. Les photographies du portrait-robot et de la victime ont été mises en évidence sur le journal. L'assassin de Robert Cate ne peut échapper à la police. Les enquêteurs ont le sourire.

Christelle Limière a préféré communiquer son numéro de portable au cas où elle aurait à s'absenter de son bureau.

Véra Weber a convenu de prendre le document officiel chez l'adjoint du procureur et de se rendre directement à la banque du couple Cate dès 8 h 45.

Contre toute attente, à 9 h 36, le suspect arrive à l'accueil et demande à parler à la commandante Limière. L'agent de garde, une affiche du visage de l'homme accrochée au mur en face de lui, n'en croit pas ses yeux.

En descendant l'escalier, la policière, dès qu'elle l'aperçoit, pense que son affaire est résolue. Il porte des vêtements chics et une chemise blanche. Elle le devine nerveux.

Elle se présente et ils se dirigent vers une salle d'interrogatoire. En chemin, elle croise le lieutenant et l'invite à les suivre.

Dans la pièce, sans attendre d'être assis, le suspect interpelle le couple d'enquêteurs :

— Je ne comprends pas ce que je fais ici. De quel droit vous permettez-vous d'exposer mon visage dans le journal ? J'espère que vous avez une justification plausible ! Je n'ai pas l'habitude d'être traité comme un voleur. Faites bien attention à ce que vous allez dire !

C'est le genre de personnage que Jacques Louche exècre.

— D'abord, monsieur, vous allez baisser d'un ton ou vous finirez en garde à vue. Asseyez-vous ! ordonne le lieutenant du haut de son mètre quatre-vingt-dix.

L'homme s'assoit en silence.

— Pouvez-vous nous confier votre carte d'identité ? demande Christelle Limière.

— Voilà, dit-il, manifestement plus calme.

— Victor Laporte, lit la femme. Qu'est-ce qu'il fait dans la vie, notre suspect ?

Elle veut lui montrer qu'il est au même niveau que n'importe quelle autre personne soupçonnée.

— Directeur général dans une filiale d'un groupe international de construction.

La phrase avait été lancée avec beaucoup de fierté et de vanité.

— Monsieur Laporte, le procureur de la République nous a confié cette enquête judiciaire. Nous avons donc l'autorisation d'entendre tout individu dans ce cadre, et même de le garder quarante-huit heures, si bon nous semble. Alors contentez-vous de répondre aux questions que nous allons vous poser !

L'homme fixe l'enquêtrice et répond par des propos inintelligibles :

— ...

— Je n'ai pas entendu !

— Oui.

— Dans quelle entreprise de construction travaillez-vous ?

— Vinfage.

Le couple de policiers se regarde.

— La société où travaillait Robert Cate ?

— Tout à fait.

— Où étiez-vous jeudi dernier en soirée ?

L'interviewé sort son beau et récent portable afin de vérifier son emploi du temps.

— Vers quelle heure ?

— Entre 19 h 30 et 20 h 30.

— La réunion s'est terminée à 20 h 15 et je suis rentré directement chez moi.

— Qui était présent ?

— Notre PDG, le directeur financier et celui de la production. Souhaitez-vous que je vous donne les noms de chacun ? propose-t-il avec un sourire ironique.

— Bien entendu.

Jacques Louche et sa supérieure sortent leur carnet. Celle-ci ne comprend pas. L'homme doit avoir un sosie.

Elle demande au lieutenant de raccompagner Victor Laporte après avoir fait une photo de sa carte d'identité.

À son bureau, elle vérifie sur le site de cette société si son nom apparaît sur l'organigramme : il n'a pas menti.

Même si l'homme a paru sincère, elle décide de ne pas abandonner cette piste.

Un peu après 10 h 00, alors qu'elle établit le rapport de la veille, son portable sonne :

— Commandante Limière. Bonjour.

— Bonjour madame. Je téléphone pour l'appel à témoins, avance une voix de gamine.

— Parfait. Je vous écoute.

Dans la pièce d'à côté, Jacques Louche et Matthieu Trac ont entendu la sonnerie et se présentent dans l'embrasure de la porte. L'enquêtrice active le haut-parleur de son portable et son magnétophone.

— J'ai vu la scène.

— Ah ! Qu'avez-vous vu ?

La voix juvénile est hésitante.

— J'étais derrière un arbre avec mon copain, et la voiture est arrivée. Deux hommes sont descendus en titubant. Ils parlaient fort.

La correspondante patiente quelques secondes.

— Ils se sont rapprochés du canal pour pisser.

— Ils n'étaient que deux ?

— Oui. Et... le plus petit a poussé l'autre.

— Tu penses que c'était pour jouer ?

— Non. C'était fait volontairement.

Les deux hommes esquissent un sourire.

Ils apprennent qu'il était environ 20 h 00 et que le plus petit est ensuite parti à pied vers le centre de Saint-André. Elle avoue que son ami n'a pas voulu qu'elle appelle les gendarmes.

Christelle Limière devine beaucoup de maturité chez cette adolescente.

— Et toi, qu'as-tu fait après ?

— C'était l'heure de rentrer à la maison et on s'est séparé avec mon copain.

— Je te remercie pour ces informations. Tu le connais, le plus petit ?

— Moi non. Mais mon ami l'a déjà croisé dans Saint-André.

— Ah ! Comment s'appelle ton copain ?

Silence.

— Quel âge as-tu ?

— 15 ans.

— Je comprends. Tu ne veux pas que tes parents sachent que tu étais là, c'est ça ?

— Oui, et mon copain n'était pas très chaud pour que je vous téléphone ce matin, admet-elle avec défiance.

La commandante reconnaît le caractère entier de cette jeune fille.

— Tu sais, dans notre déposition, nous ne mentionnerons pas vos noms, mais juste vos prénoms.

— Moi, c'est Pauline, et mon copain, Valentin.

— Te souviens-tu d'autre chose ?

— Non. Je vous ai tout dit.

— Il faut que l'on se rencontre.

D'interminables secondes de silence.

— Je dois voir Valentin à 14 h 00 derrière l'arbre. Venez à cette heure-là ! Je vous verrai arriver.

— Je te remercie encore, Pauline. À tout à l'heure.

— À tout à l'heure.

Le lieutenant et le technicien poussent un grand cri de joie.

— Parfait, ça commence bien ! remarque Christelle Limière. Donc, c'est un assassinat. Nous irons à ce rendez-vous. Je préviendrai le commissaire dans l'après-midi.

— Souhaitez-vous un café ? suggère Matthieu.

— Oui, c'est gentil, remercie la femme pendant que le lieutenant opine du chef.

À l'arrivée des gobelets, Jacques Louche veut faire avancer l'enquête :

— Nous savons maintenant que l'inconnue de la grande surface n'est pas la meurtrière.

L'enquêtrice est étonnée : elle n'est donc pas la seule à s'être focalisée sur la femme au long manteau de laine.

Il vient à peine de terminer sa phrase que le portable de sa supérieure sonne à nouveau :

— Commandante Limière. Bonjour.

— Bonjour madame. Je vous ai aperçue hier matin. J'ai hésité à venir vous voir, lance une voix grave et masculine.

— Vous auriez dû, monsieur.

— Oui, peut-être. Jeudi soir, de ma fenêtre, j'ai distinctement observé deux hommes qui s'approchaient du canal. Encore des soûlauds éhontés ! Comme s'il n'y avait pas d'autres endroits pour pisser ! Et, subitement, l'un a poussé l'autre, que je n'ai plus revu. Sur le coup, j'ai pensé qu'il était retombé sur ses pattes et qu'il s'était enfui en courant. Mais, hier matin, j'ai compris que ce n'était pas ça.

Ce témoin oculaire possède la volonté de s'exprimer et la policière veut en profiter.

— Quelle heure était-il ?

— Pas tout à fait 20 h 00, car les actualités sur TF1 n'avaient pas encore commencé.

— Puis-je connaître votre âge ?

— J'ai 65 ans et je ne porte pas de lunettes.

L'homme était malin et avait deviné la question insidieuse de la femme.

— Nous passerons en début d'après-midi pour enregistrer votre déposition.

Elle note son nom et son adresse, et raccroche.

Après cet appel, Jacques Louche se frotte les mains :

— Parfait. Il vient corroborer la déclaration de Pauline. L'enquête avance.

— Je vais vous demander de jouer les « secrétaires » tous les deux. Prenez mon enregistreur et retranscrivez ces conversations sur les formulaires administratifs ! Nous les ferons signer par nos deux témoins. Pour leur carte d'identité, Matthieu prendra des photos avec son portable.

— Bien.

— Vers 13 h 30, nous partirons donc à ce rendez-vous d'amoureux, programme la commandante.

Dix minutes s'écoulent. Une sonnerie retentit.

— Ah! Un nouvel appel! dit-elle, plus pour prévenir les deux hommes que pour elle-même.

Le lieutenant et le technicien pénètrent à nouveau dans le bureau. Ils s'assoient en face de l'enquêtrice qui active son enregistreur.

— Commandante Limière, j'écoute.

— Je connais un des deux hommes sur le journal, émet une voix masculine. C'est Louison!

— Patientez une seconde!

La policière devine que son correspondant parle de l'ami de la victime.

Dans l'embrasure de la porte, elle remarque la brigadière major qui revient de la banque. Elle lui fait signe d'entrer.

— Je vous écoute.

— C'est mon voisin de palier.

— Ah! Où?

— À Saint-André.

Cette précision confirme les propos de Valentin qui l'avait croisé dans cette ville.

— Comment s'appelle-t-il?

— Louis Crédule.

La femme prend des notes.

— Vous êtes sûr de vous?

— Tout à fait. J'en mettrai ma main à couper.

— Parlez-moi de lui!

— C'est un pauvre type qui vit reclus dans un appartement délabré et sale.

— Comment vous appelez-vous?

L'homme communique son nom, l'adresse de l'immeuble, l'étage et le numéro de l'appartement.

— Nous vous rencontrerons dans une demi-heure.

— Ok, je vous attends.

Et elle raccroche.

— Bonjour.

— Bonjour Véra. Vous avez tous entendu cette conversation. Lieutenant, prenez un brigadier ou un gardien avec vous, et ramenez-le ! Discutez un peu avec notre correspondant afin de mieux connaître la situation du meurtrier !

— Bien.

Christelle Limière veut profiter de la présence de tous les enquêteurs :

— Alors Véra, que dit le compte bancaire du couple Cate ?

— En fait, ils ont deux comptes : le compte courant où les salaires sont virés, et un autre ouvert récemment par Audrey. Robert n'y avait pas accès.

— Ah !

— Elle l'a ouvert en septembre dernier. Uniquement des versements de mille euros. Actuellement, le solde est de huit mille euros. Pensez-vous qu'elle se met cet argent de côté en prévision ?

— Nous lui poserons la question lors de la « perqui ».

Le portable de la commandante sonne à nouveau. Cette fois, c'est une femme du même immeuble qui vient confirmer la ressemblance de Louis Crédule avec le visage du portrait-robot. L'enquêtrice note les coordonnées de cette correspondante.

Une personne peut se tromper, mais deux, c'est beaucoup plus rare.

Christelle Limière demande à la brigadière major de rentrer chez elle pour s'occuper de sa fille Léa.

§

Jacques Louche revient au commissariat vers 12 h 15 et place le suspect en cellule en attendant de l'entendre.

Puis il va rendre compte à sa supérieure. Louis Crédule a 42 ans. Il vit pauvrement dans un petit et sale appartement. Son voisin avait signalé que la mort de sa femme il y a quatre ans l'avait énormément marqué et que, à partir de ce moment-là, il avait sombré dans l'isolement et la déchéance. Sans travail, il ne vivait que de subsides.

— Avez-vous sa carte d'identité ?

— Oui, dit-il en la sortant de sa poche.

— Donnez-la à Matthieu afin qu'il fasse une photocopie et une recherche sur l'individu !

Le lieutenant vient de quitter la pièce quand le téléphone fixe de Christelle Limière sonne :

— Une dame vous attend à l'accueil, prévient un gardien.

— Une dame ?

En effet, assise sagement sur une chaise, Émilie Ingrat se lève à son arrivée.

— Je voulais te faire une surprise et t'emmener au restaurant. J'espère que ça ne te dérange pas ?

— Non. Ça me fait vraiment plaisir, tu sais !

Les deux amies sortent du commissariat bras dessus, bras dessous. Il y a vingt ans, des regards offusqués auraient crié au scandale. Les mœurs évoluent.

Elles déjeunent dans un restaurant proche du Castillet. La journaliste propose d'organiser un dîner chez elle et d'inviter Sophie et Vanessa. La policière est ravie.

§

En début d'après-midi, à Saint-André, à l'entrée du chemin du ruisseau du moulin, avant que la commandante ne coupe son moteur, Pauline et Valentin s'avancent vers la Citroën d'où descend Matthieu.

Elle avait demandé à Jacques Louche de procéder à une enquête de proximité autour du domicile de Louis Crédule.

Sur la scène de crime, autant Pauline est brune et petite, autant Valentin arbore une belle chevelure blonde. Il est grand et beau garçon.

Les présentations sont faites.

— Donc, vous étiez derrière cet arbre ?

— Oui madame, répond timidement Pauline.

Elle remarque que le vieil homme n'avait pas pu apercevoir les deux adolescents de sa fenêtre.

Tout à coup, un cri se fait entendre. Ils s'avancent et lèvent la tête. Au premier étage d'une maison proche, un homme, les cheveux blancs, leur fait un signe de la main. Christelle Limière lui rend son salut et se tourne vers Pauline :

— Nous avons préparé ta déposition à partir de l'enregistrement de l'appel téléphonique. Tu vas venir le signer dans la voiture avec moi pendant que Matthieu fera une photographie de vos pièces d'identité.

La jeune fille remet la sienne au technicien. Valentin hésite quelques secondes et tend sa carte.

Dans la Citroën, sur le conseil de la policière, Pauline lit la déposition et appose son prénom sous le texte.

Les deux femmes reviennent vers Matthieu. Celui-ci se racle la gorge :

— Vous avez un portable tous les deux ?

— Oui.

— Si nous devons vous joindre rapidement, il nous faudrait vos numéros.

Pendant que Valentin s'interroge, l'adolescente donne tout de suite l'information au technicien qui avait sorti son carnet. Le garçon se décide et communique le renseignement.

— Merci beaucoup. Et ne craignez rien ! Vos parents ne le sauront pas, précise la commandante. Et je vous remercie encore.

Puis le couple d'enquêteurs s'avance vers la maison de l'autre témoin. Le vieil homme n'apporte pas de nouvelles informations et il signe sa déposition.

Ils rentrent au commissariat, conscients de l'avancée rapide de leur enquête.

§

Vers 15 h 00, Christelle Limière et Matthieu Trac entrent dans la salle d'interrogatoire.

En effet, Louis Crédule est la copie vivante du portrait-robot. Mais la photo n'avait pas décelé son aspect famélique. L'homme a mauvaise mine et a l'air abattu.

« Il ne doit pas manger à sa faim », pense la policière.

Ses mains calleuses dénotent un métier manuel. Il est habillé d'un jean rapiécé et d'un pull-over décati beaucoup trop grand pour lui. Une paire de baskets éculée et trouée au pied droit cache difficilement des orteils douteux. Le bélître fait pitié.

Il exhale une odeur nauséabonde, mélange de sueur et de linge sale.

La commandante lui suggère d'appeler l'avocat commis d'office. Comme elle devine l'homme assez timide, elle lui confie un portable et inscrit le numéro d'appel sur un bout de papier.

La venue du défenseur est prévue à 17 h 00. Ça leur laisse donc le temps de procéder à une perquisition à son domicile.

Le nécessiteux se lève et suit un gardien. La femme constate qu'il n'est pas très grand.

À son bureau, Christelle Limière téléphone à Roger Croussard et le renseigne sur les rebondissements de la matinée. Il l'avise qu'il va appeler le procureur et qu'il la contactera pour confirmer l'ouverture d'une enquête judiciaire pour assassinat.

Puis elle ajoute :

— Pensez-vous qu'aujourd'hui nous puissions effectuer une perquisition chez le suspect ?

— Oui. J'en prends la responsabilité.

§

Plus tard, la commandante se dirige vers Saint-André, en compagnie de Matthieu. Louis Crédule occupe une place à l'arrière du véhicule. La conductrice n'a pas jugé bon de le menotter. Elle sollicite le technicien pour qu'il téléphone à Jacques Louche afin de l'informer de leur venue.

Ils retrouvent le lieutenant devant la porte de l'appartement.

Tout de suite, à l'écart, celui-ci informe sa supérieure sur son enquête de proximité : l'homme ne recevait pratiquement personne, sauf récemment une grande dame, plutôt bien habillée, qui est venue deux ou trois fois autour de midi. Il confirme aussi que d'autres voisins ont remarqué son existence solitaire.

La perquisition ne dure qu'une demi-heure, tant le logement est petit. Les enquêteurs trouvent une liasse de vingt billets de cinquante euros et une autre de neuf cents euros. Christelle Limière, gantée, les place dans une poche transparente.

— Lieutenant, vous les apporterez à la scientifique pour les empreintes. Lundi prochain, Véra vérifiera si, sur les deux comptes en banque d'Audrey Cate, un retrait d'une telle somme a été effectué dernièrement, ordonne-t-elle en aparté.

— Ok.

Ils rentrent au commissariat.

§

Aux alentours de 17 h 00, l'avocate commise d'office, une jeune femme aux longs cheveux noirs, s'installe dans une salle d'interrogatoire avec Louis Crédule. Ils s'entretiennent durant une demi-heure.

Puis ils sont rejoints par Christelle Limière et Jacques Louche.

La policière pose son magnétophone sur la table et fait un signe au technicien derrière la vitre. Tout de suite, elle devine le suspect moins nerveux et plus ouvert. Elle parle des dépositions de la tenancière du bar d'Argelès-sur-Mer, et des témoins oculaires que sont Pauline et l'homme à sa fenêtre.

L'interviewé patiente quelques secondes et respire profondément :

— Oui, je reconnais avoir poussé le meurtrier de ma femme dans le canal d'irrigation.

— Le meurtrier de votre femme ? Racontez-moi ça !

— Il y a quatre ans, à Port-Vendres, Yolande a été renversée et tuée par ce chauffard qui était ivre. Bien sûr, il a été condamné pour cela. Mais moi, j'ai déprimé et j'ai perdu mon travail. J'étais salarié dans une société d'entretien d'espaces verts. Il y a environ une dizaine de jours, une femme d'une association est venue chez moi.

— D'une association ? s'étonne l'enquêtrice.

— Oui, c'est ce qu'elle m'a dit ! Une association d'aide aux victimes. Au début, je croyais que c'était une journaliste, alors je lui ai claqué la porte au nez. Mais elle est revenue le lendemain. Elle m'a appris que Robert Cate continuait de boire et qu'elle avait même failli être renversée par cet homme un jeudi soir en rentrant chez elle.

— Sous quel nom s'est-elle présentée ? demande le lieutenant.

— Térésa Bajaxhiu. Mais, étant donné que son nom est compliqué à prononcer, elle m'a demandé de l'appeler Térésa.

Christelle Limière pense à la célèbre bienfaitrice. Ce nom n'avait pas été choisi au hasard.

La jeune avocate écoute attentivement le récit.

— Et que vous a-t-elle dit ?

— Elle m'a proposé de venger Yolande pour reprendre goût à la vie et retravailler. Elle m'a dit que son association me dédommagerait avec une indemnité forfaitaire de deux mille euros.

— L'argent que nous avons trouvé tout à l'heure chez vous ?

— Oui. La moitié lors de notre deuxième rencontre et le reste qui était hier après-midi dans ma boîte aux lettres. Quand j'ai accepté, elle m'a expliqué le processus : le nom du bar à Argelès, l'heure approximative d'arrivée de Robert Cate et ce que je devais faire et dire. Elle m'a confié que toutes les précautions avaient été prises afin que les gendarmes ne me retrouvent pas.

La policière le devine très naïf. Elle se pose alors la question : comment connaissait-elle tous ces renseignements ? Par la veuve, probablement !

— Comment s'est passée votre rencontre avec Robert Cate ?

— J'ai attendu qu'il entre dans ce bar et, à l'intérieur, je l'ai abordé. Mais j'ai fait attention à boire beaucoup moins que l'assassin de ma femme. Une heure après, j'ai quitté le café plus tôt que lui, et je l'ai attendu dehors. Dès sa sortie, je lui ai demandé si Saint-André était sur sa route. Il m'a dit que oui, mais je le savais déjà. Il a proposé de me raccompagner chez moi.

Jacques Louche et sa supérieure se dévisagent. Le lieutenant arbore un grand sourire : il avait vu juste.

— À deux ou trois reprises, j'ai dû tenir le volant, car il ne conduisait pas très droit. Je l'ai emmené vers un lieu que Térésa m'avait indiqué et nous nous sommes arrêtés pour pisser. La suite, vous la connaissez.

En effet, le lieu de « l'accident » avait été intelligemment repéré.

L'homme parle d'une voix forte et limpide, le regard fixé sur la commandante. Il reste immobile, la tête droite et levée. Seules ses lèvres bougent.

L'auditrice en est convaincue : il ne ment pas.

— Pouvez-vous nous décrire cette femme ?

— Oui. Plutôt grande, brune aux cheveux courts. Elle portait des lunettes fumées et elle avait un pansement sur la joue.

Pour la couleur des cheveux, le lieutenant imagine qu'elle aurait pu porter une perruque, ou les teindre. Les lunettes et le pansement devaient être là pour masquer son visage.

Le couple d'enquêteurs s'observe quelques secondes.

— Vous souvenez-vous de ses habits ?

— Un peu, oui. Les deux fois, elle portait un long manteau.

— En laine de couleur grise ?

— Peut-être, oui.

Christelle Limière en est sûre : la mystérieuse meurtrière du boucher a encore frappé. Celle-ci a manipulé Louis Crédule afin qu'il fasse le travail à sa place.

Niccolo Machiavelli doit se retourner dans sa tombe.

— À quelle heure de la journée est-elle venue ?

— Aux alentours de midi.

— Bougez pas ! Je reviens, dit-elle en se levant.

La commandante se dirige vers le bureau des enquêteurs et récupère une photo du visage d'Audrey Cate. Matthieu l'aborde :

— Il y a du nouveau !

— Je t'écoute.

— Ils sont jumeaux.

— C'est-à-dire ?

— Sur les cartes d'identité de Victor Laporte et de Louis Crédule, je me suis aperçu qu'ils sont nés le même jour à Thuir. Et, comme ils se ressemblent, j'en ai déduit qu'ils devaient être jumeaux.

— Ah ! J'avertirai Victor Laporte lundi.

Dans la salle d'interrogatoire, elle pose la photo de la veuve sur la table :

— La reconnaissez-vous ?

Les policiers retiennent leur souffle.

— Non, ce n'est pas elle. Les lèvres étaient plus épaisses et le nez plus grand.

L'enquêtrice regarde la jeune avocate. Que pouvait-elle opposer à cet aveu ?

— Vous conviendrez que mon client a été manipulé !

— Bien sûr, maître. Vous aurez ainsi des arguments pour sa défense. Donc, monsieur Louis Crédule, nous vous accusons de l'assassinat de Robert Cate et vous plaçons en garde à vue. Nous sommes le samedi 22 février 2014 à 17 h 32. Tout à l'heure, vous signerez votre déposition. Vous rencontrerez probablement le juge d'instruction lundi et vous serez mis en examen.

Le suspect est pris en charge par un gardien. Sa jeune avocate a le temps de lui murmurer quelques mots à l'oreille.

§

Vers 18 h 00, Christelle Limière téléphone à Roger Croussard afin de l'informer des aveux du suspect. L'homme pousse un cri de joie.

Dans le grand bureau des enquêteurs, Matthieu remplit déjà le tableau magnétique. Une affaire en chasse une autre. Même si la commandante n'aime pas délaisser momentanément une enquête non totalement résolue, elle doit se rendre à l'évidence : les événements s'accélèrent et il faut travailler sur tous les fronts.

Le lieutenant et le technicien quittent le commissariat pendant que leur supérieure pense encore à la femme au long manteau de laine.

Chapitre XIV

Le lundi 24 février 2014, les Perpignanais se réveillent sous un timide soleil.

La veille, Christelle Limière avait souvent pensé à l'inconnue de la grande surface. Elle avait constaté que les deux victimes ne menaient pas une existence irréprochable. Les veuves avaient donc un mobile pour les supprimer. Mais la « sanction » lui paraissait tout de même exagérée.

Quand elle va saluer Roger Croussard, elle lui rappelle la perquisition de demain matin au domicile de la veuve. Il promet de s'occuper de la commission rogatoire.

Aux bureaux des enquêteurs, la commandante demande à Véra Weber et à Jacques Louche de commencer l'enquête de personnalité sur le couple Cate.

Vers 9 h 00, elle téléphone à Victor Laporte, le directeur général de la société Vinfage, mais elle éprouve beaucoup de difficultés à lui parler. Enfin, il daigne s'entretenir avec l'enquêtrice brune qui a tout de même une importante révélation à lui faire :

— Bonjour monsieur Laporte. Je préfère vous téléphoner que vous convoquer au commissariat. Nous avons ici un homme qui est né le même jour et dans la même ville que vous, et qui vous ressemble comme deux gouttes d'eau. Il se peut qu'il soit votre frère jumeau.

Au bout du fil, l'homme marque un long silence.

— Je sais que j'ai été adopté à ma naissance. Je prends des renseignements auprès de ma famille d'accueil et je vous rappelle. Merci de m'avoir prévenu, madame !

Le ton du directeur général n'est plus le même que samedi dernier. La policière veut profiter de sa mansuétude :

— Monsieur Laporte, pouvez-vous me passer votre responsable des relations humaines ?

— Bien sûr. Ne quittez pas !

Elle demande à Jean-Marc Bouleau s'ils peuvent s'entretenir dans les plus brefs délais. Son correspondant propose de la recevoir ce matin.

À son bureau, Matthieu lui signale que l'écoute du portable de Valérie Barrer et la surveillance de la balise sous sa voiture ne lui ont rien appris. Elle profite de sa venue pour organiser leur travail :

— Nous allons rencontrer le DRH de la société Vinfage tout à l'heure.

§

Installé à son bureau, Jean-Marc Bouleau disparaît derrière sa grande table de travail. Il ne doit pas être très grand.

D'abord, il fait l'éloge de son responsable du matériel. Puis il parle de son addiction à l'alcool et précise que ses excès ne se sont pas produits dans le cadre de sa fonction.

Il indique que le professionnalisme de Bob Cate n'a jamais été mis en cause, même si, à son poste, des tensions avec les directeurs de chantier existaient. Il signale aussi que, mercredi dernier, sur un site, des ouvriers ont séparé Bob Cate et Pedro, un chef de chantier. Ils en venaient aux mains.

— Pourquoi l'appelez-vous Bob ?

— C'était son surnom, répond le DRH en souriant.

Matthieu met sa main devant sa bouche pour masquer un sourire.

— Est-ce que le responsable de ce chantier est présent en ce moment ?

— La conductrice Dominique ? Je l'appelle.

Il compose un numéro interne, énonce sa demande et raccroche.

— Elle est ici et peut vous recevoir. Allez à l'accueil, elle va venir vous chercher !

Ils n'attendront que deux minutes, et une jeune femme les conduit dans une petite pièce.

— Nous sommes catastrophés par le décès de notre responsable du matériel. Bob Cate était un gars vraiment adorable, qui n'avait qu'un seul défaut.

— Je suppose que vous parlez de son addiction à l'alcool ?

— Oui.

— Et avec Pedro dernièrement ?

— Ah oui ! Ils ont eu une altercation, comme il en existe quelquefois sur les chantiers. Mais rien de bien méchant !

— Où était Pedro le jeudi 13 février en soirée ?

La conductrice de travaux précise que c'était son anniversaire ce jour-là et qu'il a été fêté sur le chantier. La réunion festive s'est terminée vers 19 h 30. Pedro est parti aux alentours de 20 h 00, car il l'a aidée à ranger les tables et les bouteilles.

De son côté, Bob Cate l'a remerciée et a quitté la réception vers 18 h 30.

— Merci pour ces précisions.

Cette piste s'arrête donc là.

Le couple de policiers se dirige vers le commissariat.

Sur leur parcours, ils achètent des sandwichs et des boissons.

§

À son bureau, vers 13 h 30, un gobelet de café devant elle, Christelle Limière repense encore à l'anonyme de la grande surface sillonnant les allées, drapée dans sa houppelande de laine.

Elle se pose la question : Pourquoi ?

Pourquoi cette femme tue ces hommes ? Qui est-elle pour prendre toutes ces précautions et aussi tous ces risques lors de ses méfaits ? Comment procède-t-elle pour laisser si peu d'indices sur les scènes de crime ?

Pourquoi s'acharne-t-elle sur des personnes loin d'être irréprochables ? Une tueuse qui veut débarrasser le monde des hommes volages ou alcooliques ! C'est sûr : elle va faire un carnage.

Elle en est là de ses réflexions quand son portable sonne. Victor Laporte :

— J'ai fait une rapide enquête auprès de mes parents adoptifs qui m'ont confirmé que j'ai un frère jumeau. À notre naissance, il a été confié à une autre famille d'accueil. Il est là ?

— Oui, mais il est inculpé du meurtre d'un homme.

— Ah !

Le directeur général patiente quelques secondes au bout de la ligne.

— Je... Je compte bien l'aider dans cette épreuve. Je vais contacter un avocat. Pourrions-nous le rencontrer dès que possible ?

— Bien sûr. Il doit voir le juge d'instruction demain. Mais je peux m'arranger pour que cette confrontation ait lieu l'après-midi.

— Merci pour votre aide. Si l'avocat est libre, nous viendrons cet après-midi. Je vous enverrai un SMS pour vous préciser l'heure.

— Parfait.

— Au revoir et merci encore.

Cinq minutes plus tard, elle reçoit un SMS de Victor Laporte : « Je viendrai aujourd'hui à 15 h 00 avec l'avocat. Merci. »

Puis la commandante se dirige vers le bureau du commissaire pour l'informer. Évidemment, elle le renseigne sur le frère jumeau de Louis Crédule. Elle lui demande aussi son accord pour solliciter les bornages des portables des couples Barrer et Cate. Elle veut s'assurer que des liens n'existent pas entre ces deux affaires.

Il valide son souhait.

Tout de suite, elle en parle à Matthieu qui estime recevoir ces bornages demain dans l'après-midi.

À son poste de travail, Christelle Limière songe à la représentante de l'association d'aide aux victimes.

Aucun indice du passage de Térésa Bajaxhiu, nom forcément emprunté. Là encore, comme sur les vidéos de la grande surface, les traces de sa présence se font rares. Contrairement à ce que disait Jacques Louche, l'inconnue de la grande surface apparaît bien derrière cet assassinat.

Quel esprit tordu se cache sous ces déguisements ? Utiliser la détresse d'un homme innocent et blessé dans sa chair rend l'enquêtrice furieuse. Elle jure de lui faire payer cher ses machiavéliques et meurtriers calculs.

Tout à coup, son téléphone fixe sonne. Elle reconnaît la voix du responsable de la scientifique :

— Nous avons vérifié les empreintes sur les billets trouvés chez Louis Crédule. Aucune concordance avec celles d'Audrey Cate et les autres suspects.

— Bien. Merci.

§

Vers 15 h 00, Christelle Limière se déplace à l'accueil afin de recevoir Victor Laporte et son avocat. Elle constate que le directeur général a choisi le plus prestigieux des défenseurs de Perpignan.

Elle sait que cette gémellité aidera Louis Crédule dans sa démarche judiciaire.

Enfin, elle demande au gardien de prévenir le suspect qu'il a une visite. Elle installe les deux hommes dans une salle et revient à son bureau.

Plus tard, un brigadier lui apporte deux dossiers : le rapport de la police technique et scientifique et celui du service médico-légal. Elle les parcourt attentivement.

Les analyses des techniciens n'avaient rien révélé de plus. Le légiste mentionne que la mort de Robert Cate est due au choc de sa tête contre le rebord en béton du canal d'irrigation, et elle a été instantanée. L'heure du décès notée correspond à l'indication transmise par les témoins oculaires.

Immédiatement, elle pense au peu d'indices laissés sur la scène de crime au pied de la tour Madeloc. Cette similitude l'intrigue, et ce n'est sûrement pas une fatalité.

§

Une heure et demie plus tard, Véra Weber et Jacques Louche reviennent de leur enquête de personnalité sur le couple Cate.

Tout de suite, Christelle Limière requiert une réunion auprès de Roger Croussard.

Ils s'installent autour de la table de travail du bureau du commissaire.

— Alors lieutenant, cette enquête sur le couple Cate ? demande celui-ci.

Jacques Louche résume les informations collectées, mais aucune nouvelle piste à explorer. Toutefois, il estime qu'il leur reste encore une matinée de travail.

— Vous terminerez demain matin, conseille sa supérieure.

Celle-ci informe le groupe du rapport du médecin légiste et de la police scientifique, ainsi que de l'analyse des empreintes sur les billets trouvés chez Louis Crédule.

— Au sujet de cette enquête, nous pouvons maintenant certifier que Térésa a convaincu Louis Crédule d'éliminer Robert Cate. Nous avons tous le sentiment qu'elle ressemble étrangement à l'inconnue de la grande surface. Mais les questions que je me pose, c'est « quelle est la raison de ces deux assassinats ? » et « où Térésa a pris les informations concernant la vie de Robert Cate » ?

Le commissaire énumère les mobiles les plus fréquemment rencontrés :

— Financier, vengeance, protection d'une tierce personne ?

— Pas financier, répond la commandante. Vengeance peut-être.

Le lieutenant se racle la gorge :

— Dans cette affaire comme dans la précédente, les veuves avaient beaucoup à reprocher à leur mari : infidélité et alcoolisme.

— Mais l'exaspération d'une femme n'en fait pas forcément une meurtrière. Pourquoi une même personne pourrait en vouloir à ce point à ces deux hommes ? continue Christelle Limière. Véra, qu'en penses-tu ?

— Ces deux enquêtes n'ont peut-être aucun lien. Je ne vois pas de corrélation entre ces deux meurtres, à part celle de notre imagination : pas la même arme, pas le même modus operandi. Ce sont peut-être deux crimes distincts.

— Ah ! Et toi, Matthieu ?

— J'opte plutôt pour une vengeance de leur femme qui aurait engagé une exécutrice. Mais, avec toutes les précautions qu'elle a prises, je constate que la partie s'annonce délicate.

— Oui, tu as raison. Matthieu, demain, après la perquisition, tu t'occuperas du bornage des portables des deux veuves. Afin de savoir si un lien existe entre ces deux assassinats, tu les rapprocheras pour constater s'ils s'activent dans la même zone géographique au même moment.

— Et vous souhaitez remonter jusqu'à quand ? demande-t-il.

— Six mois, c'est suffisant, précise la commandante.

Roger Croussard intervient :

— J'appellerai le procureur demain matin pour les autorisations et la demande aux opérateurs. Mais nous n'aurons pas les bornages demain.

— Oui, bien sûr.

Christelle Limière se passe la main dans les cheveux. Elle veut organiser la journée du lendemain :

— Pendant que Véra et le lieutenant termineront leur enquête, nous effectuerons la perquisition au domicile de la veuve avec Matthieu et nous emporterons son portable et son ordinateur. Ensuite, nous comparerons les enquêtes de personnalité des couples Barrer et Cate.

Les policiers retournent à leur bureau.

À sa table de travail, la commandante, comme elle en a l'habitude, fait le bilan de cette journée d'investigations.

D'abord, elle s'étonne du peu d'informations de la police scientifique et du légiste sur les deux scènes de crime. Elle est pourtant persuadée qu'ils ont fait un excellent travail.

Toutes les précautions prises par la meurtrière ne la rassurent pas. Aucun fil rouge à tirer et aucune piste à approfondir. Si elle n'était pas enquêtrice, elle dirait que les préparatifs sont proches de la perfection.

Alors elle se dit que seul un esprit méticuleux et connaissant parfaitement les rouages d'une enquête policière peut monter de tels macabres scénarios.

Et si Véra avait raison ? Beaucoup de grandes femmes portent de longs manteaux en février. Mais peu doivent posséder autant d'imagination aux funestes desseins. Elle en est sûre : cette enquête promet d'être longue et compliquée.

Et elle n'ose prétexter l'attente hypothétique d'un élément extérieur venant résoudre cette affaire !

Enfin, il reste encore la perquisition au domicile d'Audrey Cate et le bornage des portables des deux veuves.

Chapitre XV

Le mardi 25 février, sous la faible lueur de l'aube, Christelle Limière emmène Matthieu, un brigadier et un gardien.

À Laroque-des-Albères, la Clio blanche d'Audrey Cate est garée à sa place habituelle, sur un côté de la maison, protégée par une rangée de thuyas.

Le technicien fait signe au gardien de le suivre. Ils ne mettent que quelques minutes pour installer la balise sous la Renault.

Dans l'entrée, très surprise, la propriétaire fait entrer la commandante et le brigadier dans le vaste salon.

Tout de suite, elle signale qu'elle doit accompagner son fils Antoine au lycée des Métiers du Bâtiment de Villelongue-dels-Monts vers 7 h 30.

— Nous aurons terminé notre perquisition à cette heure-là, madame.

La veuve lit attentivement le mandat. Elle doit avoir l'habitude des documents administratifs.

Matthieu et le gardien les rejoignent. L'enquêtrice répartit le travail de fouille.

Puis elle demande à Audrey Cate de lui accorder quelques instants. Les deux femmes s'assoient dans les fauteuils en cuir blanc.

— Nous repartirons avec votre ordinateur et votre portable.

— Voici, dit-elle en lui tendant son téléphone.

La propriétaire parle de son parcours professionnel et de celui de Robert, ainsi que de leur rencontre. Mais peu d'informations concernant l'enquête sortent de cette discussion.

Une heure plus tard, rien de surprenant n'est découvert. En aparté, Matthieu signale à sa supérieure que le dressing ne comprend ni long manteau de laine, ni jupe ou courte robe bleue.

La voiture de la commandante quitte Laroque-des-Albères et se dirige vers Perpignan.

§

Dans le bureau des enquêteurs, Christelle Limière oriente le travail du technicien :

— Analyse d'abord les appels du portable d'Audrey Cate et mets-le sur écoute, avec l'autorisation du procureur, bien entendu ! Note aussi tous ses contacts et rapproche-les de ceux de Valérie Barrer ! Donc, nous aurons bientôt les portables des deux veuves sur écoute et leurs voitures seront balisées. Pour Valérie Barrer, toujours rien ?

— Je vérifie régulièrement les appels de son téléphone et ses déplacements. Je n'ai rien trouvé d'anormal.

Une heure plus tard, Matthieu Trac frappe à la porte du bureau de la commandante et entre. Il s'assoit :

— Le portable d'Audrey Cate a parlé, lance l'homme.

— Je t'écoute.

— D'abord, elle a passé un appel à une cliente le jeudi 20 février vers 19 h 46, c'est-à-dire au moment de l'assassinat de son mari. L'heure tardive m'a surpris. Comme j'avais le numéro de sa correspondante, je l'ai appelée. Et, dans la conversation, elle m'a confirmé que l'appel de la responsable immobilière n'avait rien d'urgent et qu'elle aurait pu attendre le lendemain.

— Tu as bien fait. Elle s'est sûrement fabriqué un alibi comme Valérie Barrer et son appel à sa sœur Simone. Les suspects font tous la même erreur : ils veulent tellement montrer leur innocence qu'ils se fabriquent des alibis grossiers. Autre chose ?

— Oui, et c'est probablement le plus important. J'ai découvert beaucoup de communications vers un même numéro de portable. De longues conversations de plusieurs minutes. Je me suis dit que ce pouvait être une relation amoureuse. Et je me suis rendu compte que je connaissais ce numéro.

Il marque quelques secondes de silence pour accentuer le suspense, comme il le fait habituellement.

— Et ? questionne Christelle Limière, impatiente.

— C'est Valentin, le copain de Pauline, qui a assisté au meurtre avec elle.

— Non !

— Si. J'ai tellement été surpris que j'ai vérifié plusieurs fois.

— Comme le monde est petit ! remarque la femme.

Cette relation de la veuve sur le lieu et au moment de l'assassinat de son mari tendrait à prouver que Valentin surveillait les opérations derrière un arbre, pour rendre compte ensuite à sa maîtresse. Elle comprend pourquoi il ne souhaitait pas que Pauline réponde à l'appel à témoins.

Elle passe sa main dans ses cheveux noirs, comme pour mieux se concentrer :

— Je vais convoquer la veuve en soirée. Merci Matthieu, tu fais du bon travail.

Le technicien quitte la pièce, le sourire aux lèvres.

La commandante téléphone à la responsable immobilière. Un rendez-vous à 18 h 00 est arrêté.

Elle regarde sa montre et décide de faire quelques achats dans une supérette à proximité. Elle en profite pour prendre un sandwich et une bouteille d'eau.

Une demi-heure plus tard, à son bureau, tout en croquant son jambon-beurre, la policière lit à nouveau les rapports de la scientifique et du légiste. Rien. Pas l'ombre d'une nouvelle piste.

§

En début d'après-midi, Matthieu pénètre dans son bureau avec deux gobelets de café. Elle le remercie.

— J'ai rapproché les contacts des portables d'Audrey Cate et de Valérie Barrer. Aucun nom et aucun numéro commun.

— Bon.

— La mise sur écoute du portable d'Audrey Cate débutera demain matin. J'ai aussi analysé son ordinateur. Je n'y trouve absolument rien. Pas de recherche sur Internet durant les quatre derniers mois. Ce qui est tout de même surprenant. C'est la première fois que je vois ça !

La commandante réfléchit.

— Sais-tu où se situe le cybercafé le plus près de Laroque-des-Albères ?

— Je pense que c'est celui d'Argelès-sur-Mer.

— Tu vas y aller. Emporte sa photo et demande au responsable s'il reconnaît cette femme !

— D'accord. Autre chose. Comme demandé, j'ai effectué une rapide enquête sur Louis Crédule. Je n'ai rien trouvé de nouveau.

— Bien. Merci.

Vers 15 h 00, les relevés des bornages des deux veuves arrivent. Seule dans son service, Christelle Limière les analyse.

Le document est assez simple à déchiffrer et il spécifie avec précision la géolocalisation par triangulation des deux portables dans

157

le temps. Elle examine avec minutie les bornes activées et les horaires enregistrés.

Au bout d'une heure, elle doit se rendre à l'évidence : les mêmes bornes n'ont pas été sollicitées au même moment.

Plus tard, Véra Weber et Jacques Louche pénètrent dans son bureau. Ils font une triste mine et confirment que leur recherche a été vaine.

— Vous établirez votre rapport ?

— Bien sûr, répond la brigadière major.

§

Le couple de policiers sort de la pièce au moment où sonne son portable. Émilie.

— Alors ? Cette nouvelle affaire ?

— Les investigations habituelles. Je te tiendrai au courant s'il y a du nouveau.

— Je te téléphonerai ce soir !

— Bien sûr, ma belle. Bises.

— Bises.

Puis l'accueil l'appelle : Audrey Cate est dans le hall d'entrée.

— Je descends.

En passant dans le couloir, elle s'immobilise devant la porte ouverte du bureau des enquêteurs.

Véra établit le rapport. Celle-ci profite de la présence de sa supérieure pour l'informer :

— Je n'ai pas constaté de retrait de deux mille euros sur l'un des comptes d'Audrey Cate.

— Bien, merci. Vous venez, lieutenant !

Dans le couloir, la commandante l'informe des nombreux appels téléphoniques entre Valentin et la veuve.

À l'accueil, la suspecte aperçoit Christelle Limière et se lève.

— C'est juste un interrogatoire de routine, madame ! Et nous vous rendrons votre portable tout à l'heure.

— Je vous suis.

Dans un grand silence, le couple d'enquêteurs s'installe en face d'Audrey Cate, belle et grande femme blonde.

La commandante pose son enregistreur sur la table et fait un geste en direction du technicien derrière la vitre. Elle prend son temps.

— Vous les choisissez jeunes, vos amants ?

Le lieutenant observe les yeux interrogateurs de la veuve qui comprend que l'enquête progresse.

— Ça faisait quelques années que Robert ne me touchait plus. Il préférait l'alcool et son addiction était irrépressible. Alors pourquoi pas un éphèbe comme Valentin ?

— Comment vous êtes-vous rencontrés ?

— À Décathlon, à la machine à café.

— C'est lui qui vous a abordée ?

— Non, c'est moi. Il est tout de même mignon, non ?

Christelle Limière partage son avis, mais préfère se taire. Elle sourit.

« Au moins, elle ne cache pas cet adultère ! » pense Jacques Louche.

— Votre amant présent sur les lieux du crime de votre mari nous interpelle.

— Ah ! Il était là ? En dehors de nos entretiens intimes, je ne peux pas le surveiller.

La veuve fixe intensément sa vis-à-vis en répondant aux questions, sans chercher ses mots. L'enquêtrice sait qu'elle ne ment pas.

— Où vous voyez-vous ?

— Je vais le chercher à la sortie de ses cours et on va à l'agence.

— Ah !

Elle précise que, derrière la salle de réception des clients, il y a une petite pièce avec un canapé. Cette relation extraconjugale durait depuis quelques mois.

La commandante avait continué l'interrogatoire sans vraiment croire à une participation du jeune homme, mais elle apprenait à mieux connaître Audrey Cate, femme extravertie et dilatée. Tout le contraire de Valérie Barrer.

— Pourquoi avez-vous ouvert un compte bancaire à votre nom ?

— Dans mes transactions immobilières, il y a de l'argent liquide qui circule. Ce sont des commissions. Ces rentrées d'argent ne concernent pas le compte de notre couple.

— Merci pour ces précisions. Lieutenant, vous pouvez raccompagner madame Cate à l'accueil ?

— Bien sûr.

— Je vais vous rendre votre portable, dit-il.

La veuve se lève et suit Jacques Louche.

§

Vers 18 h 30, Roger Croussard sollicite une réunion à son bureau avec toute son équipe.

— Alors, commandante, comment évolue cette enquête ?

Christelle Limière le renseigne sur la perquisition du matin au domicile d'Audrey Cate et lui remet son rapport.

— Matthieu, va-t-elle souvent dans ce cybercafé ?

160

— Oui, tous les deux ou trois jours.

— En général, cette attitude démontre que la cliente ne souhaite pas que l'on puisse retrouver l'objet de ses recherches et les sites consultés, remarque l'enquêtrice.

— J'ai demandé au responsable si nous pouvons savoir ce qu'elle cherchait. Il m'a répondu que c'était impossible. Autre chose. Comme vous me l'avez demandé, j'ai rapproché les enquêtes de personnalité des couples Barrer et Cate. Je n'ai pas terminé ce travail. Jusque-là, je n'ai rien découvert.

— Et le bornage ? demande le commissaire.

La commandante l'informe avoir analysé elle-même toutes les géolocalisations des portables des deux veuves. À aucun moment les mêmes bornes se sont activées au même endroit.

Elle précise qu'ils établiront demain le dossier policier destiné au juge d'instruction.

— Bien. Bonne soirée, lance Roger Croussard.

Les enquêteurs se lèvent.

§

Plus tard, à sa table de travail, Christelle Limière reçoit un appel sur son téléphone fixe. L'avocat de Louis Crédule vient aux nouvelles :

— Avez-vous arrêté Térésa ? demande-t-il brutalement.

— Non, pas encore. Sa description par votre client est vraiment simpliste et nous ne pouvons même pas entreprendre l'élaboration d'un portrait-robot.

— Bien sûr. Avez-vous effectué une enquête de proximité dans son immeuble ?

— Oui. Mais si elle avait su cacher son visage devant Louis Crédule, son apparence était la même face à ses voisins de palier.

L'enquête est toujours en cours. Ne perdez pas patience, maître ! Tous nos policiers sont mobilisés pour la recherche de la vérité.

— Le commissaire Croussard vante vos qualités d'enquêtrice, avoue le défenseur. Vous savez combien l'arrestation de cette instigatrice est importante pour mon client ! Sachez aussi que monsieur Laporte a beaucoup apprécié votre aide ! Merci et bonne continuation.

— Merci maître.

Elle comprend l'avocat. L'arrestation et l'aveu de cette femme inconnue pouvaient lui permettre d'amoindrir la peine des juges lors du procès de son client, dans un ou deux ans.

La journée s'achève ainsi, sans autre piste ou nouvelles intuitions des enquêteurs, ce qui va probablement entraîner des commentaires acerbes dans les médias ces prochains jours.

De son côté, le procureur ne tenait pas compte de cette pression et renouvelait sa confiance au commissaire Croussard et à son équipe.

Chapitre XVI

Le lendemain, mercredi 26 février, cela fait plus de trois semaines que Stéphane Barrer a été retrouvé mort dans sa Scénic, et Christelle Limière n'est pas convaincue de la culpabilité d'Anna Esse.

Pour les médias, le meurtre de Robert Cate n'est pas entièrement résolu, ce qui obsède l'enquêtrice.

Sur ces deux assassinats, au commissariat, plane toujours l'ombre de l'inconnue de la grande surface portant un long manteau de laine, fuyant les caméras de surveillance, contournant les pièges des investigations des policiers et échappant à la typologie d'une tueuse en série.

À son bureau, la commandante s'assure que toutes les procédures à sa disposition ont été respectées.

Matthieu Trac frappe à sa porte et entre :

— J'ai terminé l'étude sur le rapprochement des enquêtes de personnalité des deux couples. Je n'ai rien découvert.

— Bien. Merci.

L'homme sort de la pièce la tête basse.

Plus tard, Christelle Limière pénètre dans le bureau des enquêteurs afin de planifier la suite de l'enquête :

— Dès que vous aurez terminé le dossier policier, nous nous réunirons dans la grande salle d'interrogatoire et analyserons les investigations des deux assassinats. Nous étudierons simultanément les deux rapports de la scientifique, ceux des légistes, les deux perquisitions au domicile des veuves, etc. L'étude en commun des différentes étapes de ces deux enquêtes nous montrera probablement des aspects que nous n'avons pas vus.

— Oui, bonne idée ! remarque le lieutenant.

Ils ne prennent qu'une demi-heure pour déjeuner.

Ce balayage original des investigations n'apporte aucune nouvelle piste, mais il leur laisse dans la bouche le goût amer d'une défaite, d'une déroute face à cet ennemi imaginaire qui revêt toujours l'apparence d'une grande femme au long manteau de laine.

En milieu d'après-midi, cette analyse prend fin et les enquêteurs retournent à leur bureau.

Beaucoup plus tard, Christelle Limière quitte le commissariat, sans saluer Roger Croussard, ne souhaitant pas parler de cet échec. Car même si Louis Crédule a avoué son crime et est incarcéré, l'instigatrice est toujours en liberté.

Chapitre XVII

Commissariat central de Perpignan – jeudi 27 février 2014

Vers 8 h 30, Roger Croussard entre en trombe dans le bureau de Christelle Limière :

— Réunion dans cinq minutes ! lance l'homme d'une voix autoritaire.

Tout de suite, elle comprend : un nouvel indice relance les deux dernières enquêtes.

Installée autour de la table de travail, toute l'équipe est attentive aux paroles du commissaire.

Celui-ci reste debout, comme pour marquer davantage l'importance de sa déclaration. Il enchaîne rapidement :

— Tôt ce matin, un homme a été retrouvé mort dans une voiture, sur le parking de la Vallée des Tortues, au sud de Sorède. Le procureur nous a attribué le dossier. Les gendarmes de Saint-Génis-des-Fontaines sont sur place et vous attendent. Suivez les panneaux de la Vallée Heureuse, vous ne pouvez pas vous tromper.

Les enquêteurs sont interloqués. La situation devient grave, car ces trois assassinats dans la même zone géographique sont hors du commun.

— La police scientifique a été prévenue. Vous me rendrez compte, commandante ?

— Oui, bien sûr.

« Décidément, l'histoire se répète encore », admet-elle.

Les participants se lèvent et tous pensent la même chose : l'inconnue de la grande surface a encore frappé.

Christelle Limière demande à Matthieu de rester à son bureau.

— Puis-je vous accompagner ?

— Ah ! Si tu veux, valide-t-elle.

En effet, de la route, ils remarquent les véhicules de la gendarmerie. La conductrice reconnaît la voiture de la police technique et scientifique. Elle n'aperçoit pas celle du médecin légiste.

Un peu plus loin, bien caché, un gros 4x4 marron stationne, portières ouvertes.

Tout en enfilant ses gants bleus, l'enquêtrice s'avance vers un gendarme :

— Bonjour. Qui vous a prévenu ?

— Des randonneurs nous ont téléphoné vers 7 h 15. Ils n'ont touché à rien.

— Qui a ouvert les portes ?

— Moi, répond l'homme en montrant ses mains gantées.

— Bien. Merci.

Pendant ce temps, Matthieu tourne autour de la belle voiture sans trop s'attarder sur son intérieur. Il regarde les pneumatiques et se penche sous le véhicule. Enfin, il suit Jacques Louche qui fouille les abords.

De son côté, Christelle Limière se dirige vers le responsable de la scientifique qu'elle connaît :

— Bonjour. Qu'avez-vous constaté ?

— Bonjour. La victime a reçu deux coups de couteau. Mais, avant, l'homme a été aspergé avec une bombe anesthésiante. Quand on voit la musculature du gaillard, on comprend pourquoi.

— A-t-il des papiers personnels et un portable sur lui ?

L'homme tend deux poches transparentes :

— Deux portables, un carnet de chèques et un portefeuille bien garni.

Elle sort sa carte d'identité et découvre son nom : Omar Slimani. Puis elle glisse le document dans sa poche.

— Sa femme est prévenue ?

— Oui. Tenez, je crois qu'elle arrive ! Le couple ne devait pas habiter très loin.

La commandante remet les poches transparentes à Véra et lui suggère :

— Prends les coordonnées de sa banque !

Une Polo rouge se gare à proximité. Une grande femme aux courts cheveux noirs, à l'allure éthérée, s'approche :

— Je suis Céline Slimani. Je peux le voir ?

Elle avait parlé sur un ton neutre, sans beaucoup de sentiments. Pas de mouchoir ou de kleenex dans les mains.

La policière remarque ses lèvres épaisses et son nez aquilin. Elle lui donne à peine 40 ans.

— Oui, bien sûr.

Elle suit la veuve qui s'approche du conducteur. Bel homme au physique impressionnant, proche de l'hypertrophie, Omar Slimani doit avoir environ 35 ans. Il a baissé complètement son dossier et est allongé. Il apparaît en slip, son pantalon sur les chevilles. Ses mains sont posées sur son ventre. Son torse volumineux et musclé montre deux plaies béantes et noires.

« Décidément, les modes opératoires se ressemblent ! » constate Christelle Limière.

Céline Slimani aperçoit le sang qui sourde des plaies. Elle soupire et se frotte les yeux. « Elle cache ses émotions », imagine sa voisine. Puis la veuve s'éloigne de la voiture sans un mot.

L'enquêtrice la suit, se présente et enchaîne :

— Veuillez accepter mes sincères condoléances, madame !

— Merci.

— Pourrait-on se rencontrer chez vous ?

— Oui. Quand ?

— Où habitez-vous ?

— Saint-André.

— Dans une demi-heure environ ?

— Très bien, répond-elle en donnant son adresse.

Puis elle retourne vers sa voiture.

Ses réponses sont concises. « Une personne intravertie », assure la policière.

Plus tard, alors que Matthieu s'est un peu éloigné et arrive maintenant sur l'avenue de la Vallée Heureuse, la brigadière major et le lieutenant se sont approchés du 4x4 marron.

— Beau véhicule ! Une Audi Q7, persifle l'homme.

Il regarde la victime allongée et les plaies provenant d'une arme blanche.

De son côté, Christelle Limière observe les alentours. L'endroit est retiré, comme pour le meurtre de Robert Cate. La voiture n'était même pas visible de la route. Mais il faut tout de même lancer un appel à témoins.

Elle trouve aussi beaucoup de similitudes avec le meurtre de Stéphane Barrer, le boucher : l'arme blanche et la dernière occupation du chauffeur que l'on devine. Au moins sur certains points, ces trois assassinats affichent quelques ressemblances.

Et, forcément, elle se remémore la tueuse en série de la grande surface, au mobile inconnu. Quand va-t-elle s'arrêter ?

« Fouillons d'abord dans la vie de cet homme ! » se dit-elle.

Elle s'enquiert de la date de remise du rapport de la scientifique. Le responsable répond que la dactyloscopie prendra du temps.

Elle rassemble toute son équipe et file en direction de Saint-André. Elle note que les dernières enquêtes se situent dans la même zone géographique : La tour Madeloc, Saint-André, Sorède. Une analogie de plus.

La meurtrière doit habiter dans le secteur.

§

En voiture, les enquêteurs passent près de l'endroit où Robert Cate a perdu la vie.

La rue de la Rasclose est bordée de belles villas. La maison de Céline Slimani n'a rien à envier à celle d'Audrey Cate.

La veuve les fait entrer dans une belle et grande pièce à vivre.

Véra Weber et Jacques Louche sortent leur carnet, pendant que Matthieu demande à la propriétaire l'autorisation de se rendre aux toilettes. Il s'enfonce dans un long couloir.

À peine assise, Christelle Limière remet le portefeuille et le carnet de chèques à la propriétaire. Celle-ci les saisit de la main gauche.

— Pourriez-vous nous envoyer par mail la photo de son visage ? Nous en avons besoin pour notre enquête.

— Oui, dit-elle en saisissant le bout de papier qu'on lui tend.

Céline Slimani garde une posture droite et figée. Son visage reste impassible.

— Quelle était la profession de votre mari ? demande la commandante.

— Il créait des sociétés de jeux pour les enfants, *La Forêt Merveilleuse*. En ce moment, il lançait celle d'Argelès-sur-Mer.

— Pouvez-vous me donner l'adresse ?

— Bien sûr.

La brigadière major note les coordonnées de cette entreprise.

Ils apprennent qu'elle ne travaille pas, comme l'exigeait Omar. Celui-ci voulait qu'elle élève leur petite fille de 14 mois, Océane. Ils sont mariés depuis presque deux ans. Ils se sont rencontrés en janvier 2012 et il a souhaité qu'ils se marient en mai.

« Quatre mois, c'est un peu rapide ! » confesse Véra.

— Avait-il des ennemis ou des personnes qui lui en voulaient ?

— Heu... Non.

— Quelles étaient ses occupations ?

En disant cela, Christelle Limière pense à sa position et à sa tenue vestimentaire dans l'Audi.

— Pratiquement tous les jours, il fréquentait une salle de musculation et travaillait tard le soir dans son entreprise.

Évidemment, il avait aussi des distractions sexuelles, comme Stéphane Barrer.

Le lieutenant observe la pièce et constate qu'une grande bibliothèque occupe tout un pan de mur. « Ce serait intéressant de connaître ses lectures », pense-t-il.

Il remarque que la veuve éprouve peu de tristesse. Au vu de ses occupations professionnelles, sexuelles et sportives, son mari ne devait pas lui accorder beaucoup de temps.

— Qu'avez-vous fait hier ?

— Vous savez, quand vous élevez un bébé, le travail ne manque pas à la maison. Et il est difficile de s'absenter.

Sa réponse semble logique. La brigadière major sourit.

— Lorsque vous sortez faire des courses sans Océane, avez-vous une gardienne, une nounou comme on dit ?

— Oui, Denise me la garde. Et avant que vous me posiez la question, je vous communique ses coordonnées.

Véra note l'adresse et constate qu'elle habite à quelques maisons de là.

L'absence prolongée de Matthieu l'inquiète.

— Comment vous êtes-vous organisée pour l'enterrement ? questionne l'enquêtrice.

— Il se fera probablement samedi après-midi. C'est plus simple pour la famille.

— Avez-vous un portable ?

— Oui. Tenez !

Là encore, Céline Slimani n'avait pas attendu la question de Christelle Limière.

— Merci. Si vous devez vous absenter, prévenez-nous !

L'entretien prend fin.

Au fond du couloir, une chasse d'eau est tirée. Matthieu arrive en souriant.

Avant de quitter Saint-André, la commandante s'arrête devant la maison de Denise. Dans le hall d'entrée, la gardienne confirme que la dernière fois qu'elle a gardé Océane remonte à plus d'une douzaine de jours.

Les policiers reviennent au commissariat de Perpignan.

§

Aux bureaux des enquêteurs, Christelle Limière demande à Matthieu d'analyser les deux portables d'Omar et celui de la veuve, et de débuter par ce dernier. Elle lui remet aussi la carte d'identité de la victime afin de l'aider dans ses démarches.

Elle commence son rapport.

Vers midi, la commandante rencontre Roger Croussard à son bureau et l'informe.

Elle souhaite faire deux perquisitions le plus tôt possible : une dans les locaux de la société d'Omar Slimani et une autre à son domicile. Elle demande aussi une mise sur écoute du portable de la veuve et l'installation d'une balise de surveillance sous la Polo rouge.

Puis elle désire passer un appel à témoins. Même si la voiture n'est pas visible de l'avenue de la Vallée Heureuse, la chance peut les aider dans cette affaire. Elle se souvient des témoignages intéressants reçus précédemment.

Devant son adjointe, il contacte l'adjoint du procureur et le juge d'instruction pour les autorisations.

Enfin, elle le prévient aussi qu'elle va programmer une enquête de personnalité sur la victime afin de mieux connaître son passé et ses aspirations, et une autre sur la veuve.

Plus tard, à son bureau, elle joint Émilie Ingrat qui prend en compte sa demande. Elle communique les informations nécessaires. La chroniqueuse subodore la nervosité de son amie :

— Quand veux-tu que l'on se voie ?

— Demain soir. Viens dîner à l'appartement !

— 20 h 00 ?

— Ok. À demain soir ! Bises.

— Bises.

La policière décide de commencer par la perquisition des bureaux de l'entreprise.

Ils se restaurent rapidement d'un sandwich dans un bar proche du commissariat. Aucune parole n'est échangée. Les enquêteurs sont atterrés devant cette succession de meurtres violents dans le même secteur géographique.

Les médias vont encore se déchaîner.

§

Vers 13 h 30, après un détour par le bureau du juge, Christelle Limière emmène une partie de son équipe à proximité d'Argelès-sur-Mer, où se situe l'entreprise de la victime.

Elle avait demandé à Véra Weber d'emporter le nécessaire pour relever les empreintes digitales et ADN, et à Jacques Louche de prendre une balise de surveillance. Matthieu reste à son bureau pour continuer l'analyse des portables.

Un brigadier et un gardien de la paix les suivent dans une Kangoo.

Dans une immense forêt peuplée de grands arbres, deux bungalows ont été installés dans une clairière. Un chemin de terre aux ornières encore remplies d'eau de pluie sert de voie d'accès. Des ouvriers, suspendus à des échelles, tirent sur des filins et des cordages reliant les arbres.

Bien avant que les policiers descendent de voiture, une femme vient à leur rencontre. Virginie Liban se présente, les accueille et ne lit pas le document que la commandante lui présente.

Brune aux cheveux bouclés, la trentaine, elle porte une paire de lunettes de vue qui cache difficilement des yeux rouges.

Jacques Louche et sa supérieure accompagnent la comptable jusqu'à son bureau pendant que la brigadière major organise la fouille dans les autres pièces des bungalows.

À peine assise, l'enquêtrice sort son enregistreur et l'active :

— Quelqu'un vous a informée pour Omar Slimani ?

— Oui, madame Slimani nous a téléphoné en milieu de matinée, répond-elle en grimaçant.

Virginie Liban semble vraiment peinée. Elle tient un mouchoir trempé dans sa main.

— Pourriez-vous faire une photocopie recto-verso de votre carte d'identité ?

— Oui, bien sûr.

La comptable se lève et se dirige vers la photocopieuse. Puis, elle se rassoit après avoir tendu une feuille à la policière.

— Merci. Parlez-nous de votre directeur !

— C'était un homme franc et loyal, un client idéal.

— Que fait votre mari ?

— Nous avons créé une société de comptabilité avec Ludovic.

— Depuis quand travailliez-vous avec Omar Slimani ?

Les souvenirs se font plus pressants et elle s'effondre sur sa table de travail. Son chagrin paraît sincère, mais excessif.

— Quelques semaines, murmure-t-elle en se redressant.

« Elle semble plus affectée que la veuve », considère Jacques Louche. Et c'est probablement ce que pense Christelle Limière :

— Avant de vous poser une nouvelle question, je vous avertis qu'un mensonge ou une omission de votre part va entraîner un placement en garde à vue pour obstruction à une enquête criminelle. Donc réfléchissez bien avant de répondre ! Quel lien aviez-vous avec Omar Slimani ?

Virginie Liban ne s'attendait pas à être acculée aussi rapidement. Elle fixe le couple devant elle et vérifie que la porte d'entrée est bien fermée. Elle prend une profonde inspiration et se lance :

— Nous avons eu une relation durant quelques semaines.

— Quand a-t-elle débuté ?

— Début janvier.

Les enquêteurs se dévisagent.

— Quand avez-vous commencé à travailler avec Omar Slimani ?

— À cette date.

— À quel moment votre relation avec votre client s'est arrêtée ?

— Il y a huit jours.

La comptable s'épanche : leurs tête-à-tête se passaient le matin à la table de travail de son client entre 7 h 30 et 8 h 30, avant l'ouverture des bureaux, les lundis et les jeudis.

— Pourquoi votre relation s'est-elle arrêtée ?

— Le jeudi 20 février, Ludovic m'a suivie et il a tambouriné à la porte d'entrée du bungalow. Il avait compris ce que nous faisions. Les deux hommes se sont engueulés et j'ai retenu mon mari pour qu'il ne se batte pas avec Omar, qui l'aurait envoyé à l'hôpital. Énervé par l'algarade, Ludo m'a accusée de m'être mal conduite et il avait forcément raison. Omar lui a dit que, s'il touchait à un seul de mes cheveux, il lui casserait la tête. Et notre relation s'est arrêtée là.

— Votre client était si violent que ça ?

— Assez, oui. C'était un arriviste un brin mégalomane et, pour obtenir ce qu'il voulait, rien ne l'arrêtait.

Jacques Louche pense à l'Audi Q7.

— Et ça s'est passé ainsi avec vous ?

La comptable a oublié sa douleur et se confie sur son ex-amant :

— Oui. Je m'en suis rendu compte dans nos relations sexuelles. Ce sont les marques bleues sur mes seins que Ludovic a remarquées. De toute façon, j'ai compris que, si je ne cédais pas, il pouvait s'énerver ou il aurait changé de société de comptabilité.

« Elle mériterait la médaille du travail », pense le lieutenant.

Cet élan narcissique satisfait l'enquêtrice. Elle comprend que Virginie Liban est extravertie. La faire parler n'est pas très compliqué.

— Et ensuite ?

— Nous avons compris que, pour garder ce client, il fallait que je sois remplacée. Ma suppléante devait prendre ce poste lundi prochain.

— Ah !

— Pour moi, c'était un véritable dilemme : d'un côté, subir le traitement malsain d'un homme violent, et de l'autre, abandonner un excellent poste où la création me convenait.

— Que va devenir l'entreprise ? demande Jacques Louche.

— Ce soir, nous allons rencontrer l'adjoint d'Omar pour organiser l'avenir de la société *La Forêt Merveilleuse*.

— Avez-vous remarqué si une personne lui en voulait ou s'il avait reçu des menaces ?

La comptable se fige et réfléchit quelques secondes.

— Ah, si ! Il y a quelques jours, une femme d'une cinquantaine d'années est venue le voir un soir à son bureau. Ils sont restés environ dix minutes ensemble. En partant, elle l'a menacé et lui a dit qu'elle le tuerait.

— Vous souvenez-vous de son physique, de sa voiture ?

— Non, pas très bien. Un visage quelconque. Mon téléphone a sonné à ce moment-là.

— Bien. D'autres personnes que vous auriez remarquées ?

L'interviewée se frotte les yeux derrière ses lunettes.

— Oui. Comme je commence maintenant mon travail plus tard, un matin, j'ai aperçu une femme qui marchait sur le parking et se dirigeait vers sa voiture.

Elle précise qu'elle ne l'a aperçue que de dos et décrit une femme plutôt grande vêtue d'un manteau. Elle ne saurait dire s'il était court ou long.

Jacques Louche fixe Virginie Liban :

— Quel genre de véhicule ? Avez-vous retenu son numéro d'immatriculation ?

— Non. J'ai pensé que c'était la commerciale d'un fournisseur. Comme nous débutons notre activité, nous sommes beaucoup sollicités actuellement.

Le fantôme de l'inconnue du magasin refait surface. Un silence angoissant s'installe durant quelques secondes.

— Qui est la jeune femme à côté ? demande la commandante.

— Sarah, la secrétaire.

— Vous allez nous donner votre numéro de portable et celui de votre mari. Ainsi que les coordonnées de votre cabinet comptable.

Le lieutenant note toutes ces informations. L'enquêtrice imagine que Ludovic Liban aurait pu se venger par l'entremise d'une intermédiaire par exemple.

— Merci pour ces informations, madame, lance Christelle Limière en se levant.

— Je vous demanderai de la discrétion, s'il vous plaît !

— Bien sûr.

§

Le couple de policiers quitte le bureau. Il est aussitôt remplacé par Véra Weber qui continue la perquisition en compagnie du brigadier et du gardien de la paix.

Celle-ci murmure quelques mots à sa supérieure :

— Nous avons pris l'ordinateur portable de la victime et quelques documents personnels, notamment trois assurances-vie avec des montants conséquents.

— Oh ! Surprenant. Tu as bien fait.

Puis Christelle Limière et Jacques Louche pénètrent dans le bureau de Sarah, la secrétaire. Le lieutenant ferme la porte derrière lui. Sur une étagère, il aperçoit des dossiers en désordre, signe d'une fouille assidue. La secrétaire les regarde s'installer, la bouche ouverte.

Elle est dotée d'une longue chevelure brune qu'elle a rassemblée en queue-de-cheval. Son visage respire la douceur.

L'enregistreur est activé.

Quelques informations intéressantes sortent de cet entretien. D'abord, ils comprennent que Sarah ne porte pas Omar Slimani dans son cœur, le traitant d'homme orgueilleux, hautain et violent, d'une suffisance ridicule, au ton comminatoire. Cette acrimonie et ces qualificatifs agressifs surprennent les enquêteurs. Elle doit avoir ses raisons.

La commandante veut connaître l'emploi du temps de son patron hier soir.

177

— Il est resté à son bureau jusqu'à 18 h 45, et il regardait souvent sa montre. Il devait avoir rendez-vous avec une femme.

— Pourquoi dites-vous ça ?

— Sa façon de s'habiller et son impatience sont des signes qui ne trompent pas.

— Il a essayé de vous séduire ?

— Non, il était trop occupé avec Virginie.

« Tiens, une manifestation de jalousie ou de regret ! » pense l'enquêtrice.

— Ah bon ? Comment le savez-vous ?

— Un jour, je suis arrivée en avance, car j'avais beaucoup de travail. J'ai entendu du bruit à l'intérieur, comme des lamentations. Les vitres du bungalow sont opaques, mais un peu de peinture s'est désagrégée avec le temps et j'ai aperçu leurs ébats. Quel phallocrate ! Heureusement que mon copain est plus doux et moins vicieux que ça ! Virginie, je l'entendais gémir du parking.

Ces remarques corroborent la déposition de la comptable. Jacques Louche retient la violence de cet homme.

— Ah ! Autre chose. Suite à la réunion de ce soir, vous nous tiendrez au courant de la décision de l'adjoint d'Omar Slimani. J'aimerais en être informée.

Christelle Limière lui tend sa carte.

— Je vous passerai un coup de fil en soirée.

Le couple de policiers remercie la secrétaire, se lève et sort du bureau.

Dehors, Véra Weber les attendait. Elle confirme avoir relevé les empreintes digitales et ADN des deux femmes, et photographié leur visage.

— Allons maintenant au domicile de la victime ! Suivez-nous, lance-t-elle au brigadier.

§

Durant le trajet, la commandante demande à Jacques Louche d'installer la balise de surveillance sous le véhicule de la veuve, si les circonstances le permettent, et d'effectuer une enquête de proximité dans les habitations aux alentours, en compagnie du gardien.

Véra procédera aux relevés d'empreintes digitales et ADN, et fera quelques photos de son visage. Enfin elle vérifiera les vêtements de son dressing.

Plus tard, la Kangoo se gare derrière la C4. La Polo rouge stationne sur le côté de la maison, à l'abri des regards.

Devant l'entrée, les enquêtrices entendent les pleurs d'Océane, la petite fille du couple Slimani. Elles se regardent et sourient.

La propriétaire ouvre la porte et lit la commission rogatoire.

Son allure gracile et son jean moulant accentuent encore la fragilité de sa personne. Puis elle s'efface pour laisser entrer les deux femmes et le brigadier. Leur arrivée calme le bébé.

Après une visite rapide des lieux, Christelle Limière répartit le travail de fouille. Elle invite la brigadière major à s'occuper tout de suite de la chambre de l'enfant et demande au brigadier de commencer par le bureau.

Devant sa grande bibliothèque, la commandante remarque de nombreux ouvrages traitant de morphopsychologie, notamment celui du docteur Louis Corman. De magnifiques encyclopédies reliées en simili cuir complètent sa collection. Nous sommes très loin du bar copieusement garni d'Audrey Cate. Une pièce de vie révèle toujours les inclinations de son propriétaire.

Une heure plus tard, la perquisition se termine. Ils emportent ses derniers relevés de compte et son ordinateur portable. Véra Weber trouve un vieux et encombrant terminal que sa supérieure décide de ne pas emporter.

La brigadière major affirme que le dressing ne comprend ni long manteau de laine, ni jupe ou courte robe bleue.

Devant le portail de la maison, ils sont rejoints par Jacques Louche et le gardien.

Dans la Citroën, le lieutenant confirme qu'il a pu installer la balise de surveillance sous la Polo rouge.

Puis il résume son enquête de proximité : Omar était assez discret et ne parlait pas beaucoup avec ses voisins. Certains diront même qu'il ne les saluait pas. Une amie de Céline, bavarde, leur a confié qu'elle éprouvait une grande peur face à son mari et se méfiait beaucoup de ses réactions épidermiques et violentes. Cette angoisse grandissait au fil des jours et elle avait même pleuré devant elle.

Pourquoi une femme aurait-elle peur à ce point de son mari ? Son portable ou son ordinateur devront apporter des réponses.

§

Il est presque 18 h 00 lorsque la commandante remet les ordinateurs portables du couple Slimani à Matthieu Trac pendant que Véra s'installe à son poste pour consulter les relevés bancaires du couple.

— Nous sommes dans une enquête délicate. Je peux compter sur vous demain ?

— Bien sûr.

Trois quarts d'heure plus tard, le technicien signale à sa supérieure qu'il a terminé ses recherches dans les téléphones et les ordinateurs.

— Je t'écoute.

— Vous savez qu'avec le nouveau logiciel je peux maintenant lire les appels téléphoniques effacés et les dossiers supprimés sur les ordinateurs. Apparemment, le premier portable d'Omar servait uniquement à son travail. Le deuxième était, semble-t-il, plus personnel : des SMS à une femme nommée Virginie pour des exigences vestimentaires particulières, souvent une absence de sous-vêtement. Sur celui-ci, j'ai aussi découvert trois communications avec l'Algérie, bien sûr en arabe.

Matthieu fait une pause, plus pour maintenir le suspense que pour rassembler ses idées.

— Et ? s'inquiète Christelle Limière.

— Et, le plus important, d'autres SMS reçus d'une personne qui l'insultait et voulait le tuer.

— Ah !

— Pour les appels avec l'Algérie, j'ai rencontré Mohamed qui me les a tout de suite traduits. Le correspondant d'Omar lui demandait un virement pour un certain travail. La victime s'est emportée en disant que c'était du chantage. Et ils se sont bien engueulés et quelques noms d'oiseaux ont fusé. Pour les SMS l'insultant, avec le numéro, je suis remonté jusqu'à une femme s'appelant Marie Talion.

— Parfait. Établis le rapport écrit et continue tes investigations sur cette personne ! Remonter jusqu'à son correspondant algérien va être long et compliqué ! Et sur le téléphone de la veuve ?

— Rien d'intéressant pour l'enquête. Par contre, sur son ordinateur portable, j'ai trouvé des fichiers qu'elle avait effacés, avoue le technicien.

— Ah bon ? Quoi ?

— Elle a effectué des recherches sur le passé de son mari et a découvert des informations concernant l'accident de sa première femme Francine en Algérie en mai 2008.

Mais Matthieu ne dit pas tout. Au domicile de Céline Slimani, ce matin, au lieu d'aller aux toilettes, il a cherché son bureau. Dans cette pièce, il a découvert un petit ordinateur portable et un vieux terminal plutôt volumineux. Pensant que l'encombrant appareil ne serait pas emporté lors de la perquisition, ce qui s'est d'ailleurs révélé exact, il a connecté une clé de piratage sur le gros ordinateur, ce qui lui a permis d'injecter un « backdoor ».

Le but, évidemment, était de pouvoir copier ses fichiers à distance, même ceux effacés. La manœuvre ne lui a pris que huit minutes. Plus tard, au commissariat, il a transféré l'ensemble de ses données vers son PC dès que la propriétaire s'est connectée à Internet.

Le technicien n'est pas totalement en faute, car ce moyen de surveillance est couramment utilisé dans les enquêtes criminelles. Il a simplement brûlé quelques étapes. Les autorisations des cadres de la police nationale sont toujours longues à obtenir. Ayant récupéré l'ordinateur portable de la veuve tout à l'heure, cette découverte ne va pas surprendre sa supérieure.

De son côté, celle-ci pense à l'amie de Céline Slimani habitant dans sa rue, qui avait fait état de sa récente peur face à son mari. Elle comprend mieux ses angoisses.

— À quelle date ont été entreprises ces recherches ?

— En juillet 2013.

— Il y a donc sept mois.

— Il semblerait qu'il ait été soupçonné quelque temps par la police de Narbonne où il habitait à l'époque des faits, précise Matthieu.

— Bien. Continue tes investigations sur cette piste ! Et sur l'ordinateur de la victime ?

— Rien en rapport avec l'enquête.

La commandante veut en savoir davantage. À son bureau, elle contacte son amie Émilie Ingrat. Elle explique sa demande, donne le nom de l'homme et la date des faits. La journaliste promet de lui envoyer les articles de cette affaire.

§

Souhaitant informer Roger Croussard des péripéties de la journée, Christelle Limière le rencontre à son bureau pour planifier une réunion.

Vers 18 h 55, les enquêteurs s'installent autour de la table de travail du commissaire.

La commandante narre les principales informations obtenues lors des perquisitions de la matinée. Elle s'attarde sur la liaison d'Omar avec Virginie Liban, sa comptable.

Jacques Louche raconte ses découvertes lors de l'enquête de proximité et Matthieu parle du téléphone portable d'Omar relatant sa conversation houleuse suite à un appel d'Algérie.

Christelle Limière insiste sur cette affaire datant de mai 2008 et signale qu'elle va recevoir des informations d'Émilie. C'est la première fois qu'elle prononce son prénom en réunion.

— Demain matin, avec Véra, nous nous déplacerons à leur banque. Pendant ce temps, le lieutenant et Matthieu rechercheront des informations sur l'accident de Francine.

— Ok.

Tous se lèvent.

Tout à coup, dans la poche du jean de l'enquêtrice, son portable se manifeste. Sarah lui apprend que la société *La Forêt Merveilleuse* va continuer sous la direction de l'adjoint d'Omar. La voix de la secrétaire est enjouée.

Elle avait actionné le haut-parleur.

— Tant mieux, dit-elle.

— Restez, commandante, il faut que je vous parle.

Les autres policiers sortent de la pièce et laissent le couple seul.

Dans le monologue qui suit, Christelle Limière devine que la pression était montée d'un cran. Bien sûr, elle conservait toute sa confiance, mais le mot résultat était revenu plusieurs fois dans son discours.

Elle sait qu'elle sera jugée sur sa capacité à découvrir la meurtrière et à la faire avouer. Même si elle a toujours su montrer ses compétences, ces deux dernières enquêtes sans bilan entièrement positif la placent dans une situation où, pour ce troisième assassinat, seul le succès doit prévaloir.

Elle pense à nouveau à ses deux derniers semi-échecs et, encore une fois, la silhouette de la mystérieuse femme, dans sa houppelande de laine, lui revient à l'esprit.

§

Ce soir, à son appartement, sur Internet, Christelle Limière avait lu quelques articles sur des tueuses en série qui avaient sévi aux États-Unis et en Russie. La plupart n'avaient pas d'objectif défini ou de mobile.

Quelques anciennes infirmières et des femmes psychologiquement dérangées.

La commandante cherche des ressemblances entre ces actes répréhensibles perpétrés dans le passé et ceux de la femme qui l'empêche aujourd'hui de dormir.

Rien. Aucune corrélation.

Et si l'inconnue de la grande surface, sans mobile clairement défini, échappait à toute logique et était inclassable ?

Plongée dans ses recherches et ses réflexions, elle ne trouve le sommeil que très tardivement.

Chapitre XVIII

Aujourd'hui vendredi 28 février, la pluie est un lointain souvenir. Même s'il est un peu timide, le soleil redonne le sourire à tout le commissariat.

Matthieu a déjà les yeux rivés sur l'écran de son ordinateur et Jacques Louche commence à rassembler des éléments pour l'enquête de personnalité du couple Slimani.

Christelle Limière pousse la porte de son bureau aux alentours de 8 h 00, le regard plein de détermination et le journal sous le bras : l'annonce est bien là.

La commandante et la brigadière major prennent la direction du bureau du procureur.

Plus tard, elles montrent la commission rogatoire au directeur de l'agence bancaire de Perpignan, homme pansu affublé d'épaisses lunettes de vue. Il leur attribue un petit bureau.

Tout de suite, il appelle sa chargée de clientèle. Une jeune femme se présente.

— Quels relevés souhaitez-vous ? Celui de monsieur ou celui du couple ?

— Omar Slimani possède un compte personnel ?

— Oui. Sa femme n'y avait pas accès.

— Ben... Les opérations récentes de celui du couple et les trois derniers mois du compte d'Omar Slimani.

— Je reviens, dit-elle.

Plus tard, dans le petit bureau mis à leur disposition, les policières épluchent les relevés qu'on leur présente.

Rien de surprenant sur le compte joint.

Par contre, sur les relevés du compte de la victime, Christelle Limière aperçoit tout de suite le montant élevé du compte créditeur.

Elle demande des explications à la chargée de clientèle.

— Il a touché une importante somme de plusieurs assurances-vie, suite au décès de sa première femme. À cette époque, nous l'avons conseillé sur des actions financières.

— Ça remonte à quand ?

— Juillet 2009.

« Donc plus d'un an après le décès de Francine », calcule la commandante.

— Pouvez-vous nous montrer les relevés et les placements effectués à cette date ?

— Oui, mais ça risque d'être long.

— Faites au plus vite !

L'employée quitte la pièce.

À ce moment-là, le portable de Christelle Limière émet une musique entraînante.

— Commandante Limière. Bonjour.

— Bonjour. Je m'appelle André Pupille. Je vais souvent me promener le soir vers la Vallée des Tortues.

La voix rauque est celle d'un homme âgé. La policière active le haut-parleur de son téléphone et place son enregistreur sur le bureau.

— Je vous écoute.

— C'est la deuxième fois que je voyais ce gros 4x4 marron.

— Mais vous l'avez vu de près ou de loin ?

— De près, à travers la vitre.

— Ah !

— Oui, quoi ! Je regarde à travers les vitres. Y-a pas de mal à ça ?

« Tiens, la réflexion d'un homme atrabilaire ! » juge l'enquêtrice.

— Non, bien sûr. Qu'avez-vous vu ?

À côté, Véra Weber met la main devant sa bouche pour cacher un sourire.

— La première fois, j'ai dû faire du bruit, car l'homme est sorti de la voiture avec son slip aux genoux. Et il m'a agoni d'injures en arabe.

Christelle Limière se représente la scène et a beaucoup de mal à garder son sérieux.

— Ah !

— Moralité : « Un vieux habillé court beaucoup plus vite qu'un jeune en slip ».

Le visage de la brigadière major devient rouge d'hilarité et elle est obligée de se tourner sur le côté.

— Vous souvenez-vous du jour et pouvez-vous décrire la femme ?

Quelques secondes de silence.

— C'était le mardi 18 février. La dame, j'ai eu le temps de l'observer. Une brune avec une queue-de-cheval qui avait l'air d'aimer ça.

« Tiens ! Ça me rappelle quelqu'un, » pense la policière.

— Et vous avez assisté à la scène ?

— Oui, j'ai tout vu. À un moment donné, il a tiré sur la queue. Sur la queue-de-cheval, bien sûr. Et la femme a gueulé.

— Et la deuxième fois ?

— C'était la date marquée sur le journal.

Les deux enquêtrices reprennent leur sérieux, car l'information est importante.

— Quel physique, la femme ?

— Je ne sais pas, car je ne l'ai pas vue la deuxième fois.

— Et qu'avez-vous fait ?

— Rien. Je me suis souvenu du mardi 18 février et je suis rentré à la maison.

— Vous allez nous donner votre adresse. Nous allons passer vous voir pour la déposition.

Après avoir raccroché, la tension est tellement forte que les deux femmes s'esclaffent. La commandante et la brigadière major s'écroulent sur la table.

Tout à coup, la chargée d'affaires ouvre la porte :

— Oh ! Pardon.

— Entrez, madame !

Elle sourit et tend les documents bancaires à Christelle Limière.

Les montants reçus des assurances-vie en juillet 2009 sont substantiels. Les policières repensent aux conversations retrouvées sur le portable d'Omar où celui-ci invective son correspondant algérien.

Sur les documents de la banque, la brigadière major constate que deux versements à une banque d'Alger ont déjà été effectués récemment, et, apparemment, le chantage continuait.

Elles emportent les photocopies de ces relevés et reviennent au commissariat, le sourire aux lèvres. La raison est plus les révélations d'André Pupille, vieil homme voyeur et amusant, que la satisfaction d'avoir mis à jour la face sombre de la victime.

§

Sur le tableau magnétique figurent maintenant les visages de Céline Slimani, Virginie Liban et Sarah sous celui d'Omar.

« Il ne manque que Ludovic Liban », pense Christelle Limière.

Jacques Louche et Matthieu Trac ont bien travaillé. Le lieutenant informe le groupe :

— Nous avons complété les recherches découvertes sur l'ordinateur portable de la veuve. Omar Slimani s'est marié en septembre 2006 avec Francine Talion à Narbonne. Quatre mois plus tard, il a contracté deux importantes assurances-vie, sur la tête de sa femme bien entendu. En mai 2008, ils sont partis en voyage avec un groupe en Algérie, le pays d'Omar. Une randonnée pédestre était prévue durant toute une journée dans le parc de Chréa, à soixante-dix kilomètres d'Alger. Prétextant un entretien avec un important client, Omar n'avait pu y participer. Sur le parcours, à un moment, Francine s'est isolée du groupe pour un besoin naturel. Malheureusement, elle a soi-disant perdu l'équilibre et est tombée d'une falaise. C'est la conclusion de la police locale. Un accident donc. Un agent des assurances s'est déplacé et de fortes suspicions ont entouré ce drame, car des empreintes de chaussures et de petites branches cassées, signe d'un début de bagarre, ont été découvertes à proximité. Mais la police algérienne n'a pas poursuivi son enquête. Omar a été entendu à plusieurs reprises en France, mais rien n'a pu être prouvé. Voilà l'origine de ses rentrées d'argent !

Christelle Limière pense à la découverte de la brigadière major dans le bureau d'Omar.

— Véra, tu m'as bien dit que, dans les papiers ramenés de son entreprise, il y avait des assurances-vie ?

— Oui.

— Pourrais-tu nous les montrer ?

— Bien sûr, répond-elle en quittant la pièce.

Jacques Louche se souvient de son enquête de proximité :

— Je comprends mieux les craintes de Céline.

— Oui, elle fait donc partie des suspectes, complète Matthieu. Et devant la peur qu'elle éprouvait, elle lui laissait faire ce qu'il voulait, notamment ses escapades en soirée.

— Nous allons rapidement convoquer toutes ces personnes, assure la commandante.

Véra Weber revient dans le bureau des enquêteurs, tenant quelques feuilles en main :

— Il s'agit maintenant de trois assurances-vie avec des montants encore plus importants que précédemment. Et, bien sûr, les compagnies d'assurances ne sont pas les mêmes.

— Tant que l'on gagne, on joue ! ironise le lieutenant.

Un gardien frappe à la porte et entre :

— C'est pour vous, commandante !

— Merci. Les rapports de la scientifique et du légiste. Je vais les étudier à mon bureau. Notez bien tout ça sur le tableau magnétique et n'oubliez pas le rapport ! conseille-t-elle en sortant.

§

Christelle Limière revient les voir vingt minutes plus tard :

— Voilà ce que nous disent les techniciens de la scientifique : le corps n'a pas été bougé. Le plus important, ce sont les empreintes digitales sur le tableau de bord du véhicule. Aucune ne correspond à celles de notre fichier national. En tout, ils ont relevé quatre empreintes récentes, autres que celle de la victime.

— Celle de sa femme, soumet Jacques Louche.

— Peut-être celle de la femme brune à la queue-de-cheval, complète la brigadière major en souriant.

— Et sur les poignées de la porte côté passager ? questionne le lieutenant.

— Une lingette a effacé toutes les traces. Même celles sur les parties génitales de l'homme, probablement pour éviter un relevé d'ADN.

— Ah ! Nous avons donc affaire à une meurtrière coquine et prévoyante, précise Jacques Louche.

— Et nous revenons vers nos deux précédentes enquêtes.

La commandante ne répond pas à cette dernière remarque de Véra, mais elle y avait pensé.

— Maintenant, le rapport du légiste. L'heure du décès se situe entre 19 h 00 et 20 h 00 le mercredi 26 février. Mort instantanée de deux coups de couteau d'une lame de quinze centimètres environ. Je vous rappelle que l'arme du crime n'a pas été retrouvée. L'assassin est droitier. Il peut s'agir d'un homme ou d'une femme, mais nous savons tous que c'est une femme. Ah, autre chose ! Le légiste a relevé sur son visage les traces d'un produit anesthésiant, probablement celui d'une bombe que l'on trouve dans le commerce.

Christelle Limière fait une courte pause.

— Rien sous les ongles de la victime qui ne s'est donc pas défendue. Encore une fois, nous pouvons dire que la surprise a été totale.

— Comme pour Stéphane Barrer, insiste la brigadière major.

Le spectre de l'inconnue de la grande surface plane toujours dans le bureau des enquêteurs.

— Où en êtes-vous de cette femme d'une cinquantaine d'années qui lui a rendu visite un soir à son bureau ?

— Nous avons fait des recherches avec Mathieu, répond le lieutenant. Marie Talion est la mère de Francine, la première épouse d'Omar. Nous comprenons mieux sa volonté de le supprimer. Récemment, elle a loué un bungalow dans un camping d'Argelès-sur-Mer, pour être plus près de sa proie, je suppose.

La commandante regarde l'heure : 11 h 15.

— Vous pouvez aller la chercher, lieutenant ?

— Oui.

— Véra et Matthieu vont convoquer Virginie et Ludovic Liban, et Sarah pour cet après-midi. Ainsi que Céline Slimani, bien entendu. N'oubliez pas les empreintes, l'ADN et les photos de Ludovic que nous n'avons pas encore rencontré.

Une heure plus tard, au restaurant, Jacques Louche signale que Marie Talion est au commissariat, et la brigadière major annonce que les autres suspects arriveront dans l'après-midi.

L'enquête s'accélère.

§

À 13 h 30, dans la salle des enquêteurs, devant un gobelet de café, Christelle Limière les informe que le commissaire a validé leurs récentes investigations et les encourage à poursuivre dans cette voie.

À son bureau, elle avait lu les articles de *L'Indépendant* qu'Émilie Ingrat lui avait envoyés. À l'époque, les soupçons avaient été répercutés par la presse, qui avait diffusé quelques articles accablants sur Omar Slimani. Ils avaient notamment évoqué le peu d'efficacité des enquêteurs algériens et avaient conclu que des vérifications élémentaires n'avaient pas été effectuées. Marie Talion s'était insurgée contre l'incompétence des policiers d'Alger et avait imaginé que ces pistes avaient été oubliées volontairement.

Un appel de l'accueil les avertit de l'arrivée de Céline Slimani. Aussitôt, Christelle Limière répartit le travail de chacun :

— Le lieutenant et Véra vont s'entretenir avec la mère de Francine, Marie Talion. Questionnez-la sur ses intentions envers Omar et n'oubliez pas de la menacer d'une garde à vue si vous sentez qu'elle vous ment ! Je serai à côté avec Matthieu et la veuve si vous avez un problème.

— D'accord.

La commandante aimait ces périodes à l'avenir incertain où, à chaque instant, des rebondissements imprévus pouvaient entraîner les enquêteurs vers des voies insolites et mystérieuses. Sa pression artérielle venait de s'accroître.

§

Dans la grande salle d'interrogatoire, Céline Slimani s'assoit en face de l'enquêtrice qui tient à la main un portable. Le technicien place le magnétophone devant lui et appuie sur un bouton.

La veuve paraît toujours aussi raide et son comportement montre de l'indifférence.

Ses petits yeux sont enfoncés dans leur orbite, souvent signe d'un sens aigu de profondes réflexions.

« C'est une rétractée ! » pense Christelle Limière.

Celle-ci fait un geste en direction de l'opérateur derrière la vitre et pose le portable de l'interviewée sur la table :

— Nous vous rendons votre téléphone.

— Merci.

— Récemment, vous avez fouillé dans le passé d'Omar. Vous confirmez ?

La veuve saisit son téléphone et redresse la tête. Étant gauchère, la policière sait qu'elle ne peut être l'assassin d'Omar. Elle aurait pu confier cette mission à une affidée. Pourtant, ses récentes opérations bancaires n'avaient pas révélé une importante sortie d'argent. Mais la contrepartie pouvait être tout autre. Son imagination ne l'entraînait-elle pas trop loin ?

De son côté, Céline Slimani est surprise : elle avait bien effacé ses recherches sur son gros et vieux terminal, que les enquêteurs n'avaient d'ailleurs pas emporté. Elle ne comprend pas. Elle sait que mentir l'accablerait.

— Oui, admet-elle faiblement.

— Vous avez constaté qu'il avait été soupçonné dans l'accident de Francine, sa première femme ?

— Oui.

— Et vous avez pris peur. Pourquoi avez-vous signé ces trois assurances-vie ?

Les questions sont limpides et précises. La suspecte ne peut les éluder :

— Je ne sais pas. Omar était un homme qui savait manipuler une femme, et il avait un ton comminatoire et coupant. À cette époque, j'étais très amoureuse et il avait une façon si particulière de vous présenter les événements que refuser était impensable. Il possédait une grande force de persuasion.

Christelle Limière devine une dissension dans le couple : d'un côté, une violence contenue et une dominance exercée par un corps musclé, et de l'autre, une soif de savoir, comme le confirmait sa grande bibliothèque. Le machiste Omar dépersonnalisait Céline, la femme brillante.

— Et quand vous avez pris connaissance de son passé, la peur a remplacé l'amour ?

— C'est ça ! avoue Céline Slimani en soupirant.

L'enquêtrice la devine prête à collaborer.

— Dans ses manipulations, y avait-il de la violence ?

— Elle n'était pas apparente, mais sous-jacente. Son physique, son regard glaçant, tout cela montrait qu'il valait mieux ne pas le contredire.

« Cela corrobore les déclarations de Sarah et de Virginie, que j'ai lues dans les rapports ! » pense Matthieu.

Volontairement, la commandante patiente et attend que l'interviewée se livre davantage. Le silence s'éternise.

— La mère de Francine est venue me voir il y a quelques jours.

— Ah ! Marie Talion.

La veuve sait maintenant que les policiers ont bien avancé dans leur enquête.

— Que vous a-t-elle dit ?

— Elle croyait Omar coupable de la mort de sa fille et elle m'a dit qu'elle le poursuivrait jusqu'à ce qu'il paye.

— Avez-vous pensé à le supprimer ? demande perfidement Christelle Limière.

« Attention, c'est un piège ! » imagine Céline Slimani.

— Quelle épouse n'a pas pensé, un jour, supprimer son mari ?

Les deux femmes sourient : l'une parce que cette échappatoire lui a permis d'éviter l'écueil, l'autre parce qu'elle a conscience de la sagacité de sa vis-à-vis.

L'enquêtrice s'avance sur son siège et pose ses coudes sur la table tout en fixant l'interviewée dans les yeux :

— Céline, vous permettez que je vous appelle Céline ?

— Bien sûr.

— Nous n'allons pas jouer au chat et à la souris toutes les deux. Nous savons que vous aviez très peur de lui et qu'avec votre position de femme soumise, vous pouviez vous attendre au pire. Et vous avez préféré prendre les devants. Vous avez donc chargé une amie de cette basse besogne.

La commandante marque volontairement une pause et surveille les réactions de la veuve. Rien. Aucun clignement d'œil ou geste d'énervement.

Un long silence s'installe. Même Matthieu a l'air surpris et surveille sa supérieure du coin de l'œil, sans bouger. Il est en train d'apprendre.

— Avez-vous participé, de près ou de loin, à l'assassinat de votre mari ?

À la grande surprise du technicien, Céline Slimani s'avance elle aussi, pose ses coudes sur la table et fixe la policière durant quelques secondes. Leurs visages sont très proches l'un de l'autre.

— Christelle, vous permettez que je vous appelle Christelle ?

— Oui, bien sûr, répond celle-ci en souriant.

Quelques secondes de silence.

— Non, dit-elle d'une voix claire et forte.

L'enquêtrice ne la croit pas. Cette femme est trop intelligente pour céder au premier interrogatoire.

Elle se lève :

— Matthieu, raccompagne madame Slimani !

— D'accord.

Dans la poche du jean de Christelle Limière, son portable sonne. L'accueil l'informe que Virginie et Ludovic Liban l'attendent.

— Nous arrivons, dit-elle.

Elle demande à la veuve de la prévenir si elle devait quitter la région.

§

Pendant ce temps, dans une salle à proximité, Jacques Louche et Véra Weber interrogent Marie Talion.

Celle-ci soupçonne Omar Slimani d'être l'instigateur de l'assassinat de sa fille. Elle ne peut pas le prouver, mais elle sait que c'est lui. Elle avoue qu'elle avait la volonté de le tuer et qu'elle avait programmé sa mort. Elle se réjouit qu'une autre personne l'ait fait à sa place.

Après le prétendu accident, elle s'était déplacée à Alger et avait rencontré les policiers chargés de l'enquête. Elle avait deviné de timides investigations, des pistes oubliées, de rares recherches sur le terrain et aucun interrogatoire des amis d'Omar, pourtant nombreux

197

dans sa ville natale. Durant sa jeunesse, l'homme avait vécu dans les faubourgs de la ville et il avait tissé un réseau de connaissances où l'omerta avait sa place.

Aux yeux de la brigadière major, Marie Talion a cette conviction inébranlable que seules les mères possèdent. Même si l'instigateur de la mort de sa fille est maintenant décédé, elle veut que les vrais responsables soient démasqués et payent leur dette.

L'interviewée leur avoue que ce n'est qu'à ce moment-là qu'elle pourra faire le deuil de Francine.

Compatissante, la brigadière major reconnaît que des transactions financières avec l'Algérie ont été découvertes sur le compte personnel d'Omar.

Marie Talion pousse un cri de joie et demande au couple de policiers de relancer l'enquête avec ces nouvelles preuves, et faire enfin éclater la vérité.

Le lieutenant abonde dans son sens et lui promet qu'il fera passer son message auprès de sa hiérarchie. Cette empathie surprend agréablement sa voisine.

Enfin, Véra la questionne sur sa soirée du mercredi 26 février. Elle a retrouvé des amis à leur bungalow. Leurs coordonnées sont notées.

Puis une photocopie de sa carte d'identité est effectuée et la mère de Francine quitte le commissariat, le cœur rempli d'espoir, après avoir tout de même laissé ses empreintes digitales et ADN aux enquêteurs.

§

Il est 15 h 30 lorsque toute l'équipe se rassemble dans leur grand bureau. Chacun raconte son entretien.

Jacques Louche n'oublie pas sa promesse :

— Ne pourrait-on pas avertir le commissaire sur les derniers rebondissements de l'accident de Francine ? Il faut que l'enquête sur sa mort soit relancée.

— Oui, bien sûr. Apportez-lui les preuves des virements dans cette banque algérienne ! N'oubliez pas d'établir le rapport de l'interrogatoire de Marie Talion afin de ne rien oublier ! Et vous lui en donnerez un exemplaire.

— Bien sûr.

De son côté, Matthieu emmène le couple Liban dans une salle pour la prise des empreintes digitales, le prélèvement ADN et les photos.

Une demi-heure plus tard, le technicien pénètre précipitamment dans le bureau de sa supérieure : les empreintes de Ludovic Liban correspondent à une trace relevée sur le tableau de bord du 4x4 de la victime.

— Nous lui poserons la question tout à l'heure, annonce la commandante.

§

L'interrogatoire de Virginie Liban est confié à la brigadière major et au lieutenant. Ils doivent vérifier son emploi du temps au moment du meurtre d'Omar Slimani. Son ancienne maîtresse est peut-être une excellente comédienne.

Jacques Louche a assisté la veille à l'entretien avec la comptable dans son bureau. Elle présente le même visage triste et meurtri.

Elle communique son alibi au moment du meurtre, et pas une seconde il ne doute de sa parole. Véra prend des notes.

Pendant ce temps, dans la pièce d'à côté, Christelle Limière et Matthieu Trac rencontrent Ludovic Liban.

La stature du comptable est à l'opposé de celle de la victime. Un peu voûté, petit, voire frêle, le cheveu rare, ses petits yeux derrière des lunettes de vue sont enfoncés dans leur orbite. La policière le classe dans la catégorie des rétractés.

Pendant qu'elle observe le suspect, le technicien s'occupe de l'enregistreur.

— Quelle a été votre réaction quand vous avez appris la mort de votre client Omar Slimani ? demande la femme.

Il sourit :

— Vous avez interrogé Virginie. Vous savez donc ce qui s'est passé entre eux.

Il n'avait pas répondu directement à la question, mais l'enquêtrice comprend sa réponse dénuée de sentiment. Elle le devine sur la défensive, un peu honteux et penaud devant la liaison extraconjugale de son épouse.

Elle s'apprête à lui poser une nouvelle question lorsqu'il prend la parole :

— Je sais que je ne suis pas un play-boy ou un séducteur. Mais je sais tirer parti de ce que je vois. Derrière le carreau ajouré, j'ai constaté que Virginie aimait les relations sexuelles plus violentes et plus douloureuses. Certains font travailler leurs muscles, d'autres leur tête. Je me suis aperçu que cet homme possédait une tendance à l'asservissement. J'ai hésité à le garder comme client. Au sujet de ma femme, depuis ce jour-là, sa rédemption occupe quelques soirées : c'est ma façon de venger mon honneur bafoué. Elle doit expier sa faute qui n'est pas rémissible.

Devant cette confession intime et surprenante, la commandante se sent désarmée. Elle patiente un peu, mais reprend rapidement le fil de son interrogatoire :

— Où étiez-vous mercredi soir ?

— J'ai terminé mon travail assez tard chez un client à Perpignan.

Avant qu'elle le demande, il communique le nom et les coordonnées de l'entreprise.

Le comptable précise l'heure à laquelle il a terminé cette mission : vers 20 h 15. Mais elle sait qu'il a pu mandater une exécutrice pour se venger.

Il lui donne son portable qu'elle remet à Matthieu. Étant son outil de travail, Christelle Limière lui promet de le rapporter demain matin à ses bureaux.

— Pourquoi avons-nous retrouvé vos empreintes sur le tableau de bord de l'Audi d'Omar Slimani ?

— Oh ! Je comprends pourquoi je suis ici. Nous nous sommes vus il y a environ quinze jours. Il a insisté pour me faire essayer sa voiture. Alors, je l'ai conduite pendant quelques kilomètres.

— Bien. Puis-je emprunter votre carte d'identité ?

— Voilà.

— Merci, dit-elle en se levant pour signifier la fin de l'entretien.

Le technicien saisit sa carte d'identité et ramène Ludovic Liban à l'accueil.

Là, le comptable patiente quelques minutes et reprend son document administratif que Matthieu lui tend.

Quand celui-ci revient à son bureau, la commandante lui demande de vérifier s'il apparaît sur le fichier national. Il lui donnera une réponse négative une demi-heure plus tard.

Un gardien à l'accueil la prévient qu'une femme nommée Sarah est arrivée.

De son côté, Jacques Louche informe sa supérieure que le commissaire a été réceptif à la relance de l'enquête sur la mort de Francine. Il appellera son confrère de Narbonne ce soir.

Christelle Limière constate que l'enquête s'emballe : d'un côté, les suspects se dévoilent ; de l'autre, même s'ils ont un mobile, ils possèdent tous un alibi le soir du meurtre.

Elle organise le travail de chacun :

— Nous allons recevoir Sarah tous les deux, lieutenant. Véra et Matthieu s'occuperont de la déposition d'André Pupille à Sorède, le vieil homme voyeur et amusant.

§

Bientôt, face à la secrétaire à la queue-de-cheval, le couple de policiers s'assoit. Jacques Louche active le magnétophone.

Un lourd silence s'installe durant quelques secondes.

Sarah n'est pas très rassurée et observe tour à tour ses vis-à-vis avec inquiétude.

La commandante, comme pour Virginie Liban, lance un avertissement :

— Avant de vous poser une première question, je vous avertis qu'un mensonge ou une omission de votre part va entraîner un placement en garde à vue pour obstruction à une enquête criminelle. Donc réfléchissez bien avant de répondre ! Quel lien aviez-vous avec Omar Slimani ?

La jeune femme semble paniquée. « Non, ils n'ont pas pu l'apprendre ! » Elle se force à sourire.

— Je vous ai déjà tout dit à ce sujet.

L'enquêtrice sort une paire de menottes de sa poche et fixe la secrétaire :

— Nous vous plaçons immédiatement en garde à vue, dit-elle en se levant.

— Je ne comprends pas. Qu'est-ce qu'on vous a dit ?

— Les questions, c'est nous qui les posons. Dépêchez-vous de répondre, sinon vous passerez deux nuits en cellule ! prévient le lieutenant.

Sarah se ressaisit et avoue :

— J'ai eu une aventure avec Omar.

— Ça se passait où et quand ? questionne Christelle Limière en s'asseyant.

— Proche de la Vallée Heureuse, entre 19 h 00 et 20 h 00. Les mardis et les vendredis.

« Il était bien organisé. Et sa femme dans tout ça ? » pense la policière.

L'interviewée concède que leur relation avait débuté le mardi 21 janvier et s'était terminée le mardi 18 février.

— C'est récent ! remarque Jacques Louche en prenant des notes.

Le fait que Sarah se souvienne des dates montre qu'elle n'a pas dû être satisfaite de cet homme, ou bien de son comportement.

— Pourquoi avez-vous cessé de vous voir ?

— Il devenait de plus en plus violent avec moi.

— Ah ! Expliquez-nous ça !

— Quand il a tiré une fois de plus ma queue-de-cheval, j'ai crié et j'ai pensé à le tuer.

— Avec un couteau ? insiste le lieutenant.

Un silence interminable. Personne ne bouge.

— Non. Il a entendu du bruit à l'extérieur et est sorti précipitamment. C'était un vieux avec un appareil photo.

— Qu'a fait Omar ?

— Il ne l'a pas rattrapé, mais il a tapé sur son appareil qui est tombé à terre. Il n'a pas touché au vieil homme.

« André Pupille, ingambe et voyeur, ne s'est pas vanté de son matériel cassé. Un pan de son histoire qu'il a volontairement éludé », pense l'enquêtrice.

Sarah devine la pression qu'exerce le couple de policiers.

— Je ne l'ai pas tué. C'est tout ! Qu'est-ce que je peux vous dire d'autre ?

— Vous nous avez menti lors de votre première audition, vous pouvez continuer, observe la commandante en fixant la secrétaire.

Long moment de silence.

— Alors ? insiste le lieutenant.

Rien. Elle se tait et baisse la tête.

— Nous allons vous garder ici et faire des vérifications. Et ça vous apprendra à mentir à la police lors d'une enquête !

Ils se lèvent et un gardien emmène Sarah.

§

Dans le bureau des enquêteurs, Christelle Limière et le lieutenant commentent l'entretien avec la secrétaire. Ils se posent la question : comment contrôler ses dires ?

Une demi-heure plus tard, Véra Weber et Matthieu Trac pénètrent dans la pièce. Le commissaire arrive derrière eux, s'appuie contre un bureau et écoute. L'équipe est au complet.

Tout de suite, la commandante veut faire avancer son enquête :

— Alors ? lance-t-elle en regardant la brigadière major.

— André Pupille a signé sa déposition. Par rapport à son appel téléphonique, il a simplement ajouté qu'il avait pris des photos que nous avons d'ailleurs apportées. Il nous a aussi appris que l'homme avait jeté son appareil à terre, mais qu'il avait pu le récupérer. Voilà les photos !

Christelle Limière les observe attentivement. Bien sûr, le vieil homme n'avait pas intégré le flash, et les clichés étaient sombres et flous. Les visages n'apparaissaient pas. Mais ils sont datés. Le plus récent affiche le mercredi 26 février, le jour du meurtre. Quelques prises remontent au mardi 18 février, dernière rencontre entre Sarah et Omar.

— Véra, fais un rapport et note bien les dates, s'il te plaît !

— D'accord.

Puis, la commandante raconte sommairement l'entretien avec la secrétaire.

— Quel moyen avons-nous de savoir si Sarah nous dit la vérité ? Quelqu'un a une idée ?

Personne ne répond. Roger Croussard, qui écoutait jusque-là, prend la parole :

— Lieutenant, pensez-vous qu'il faille croire la jeune femme ?

— Elle paraissait assez heureuse qu'Omar soit tué, mais elle ne semblait pas satisfaite de leur rupture. Décidément, je ne comprendrai jamais les femmes. Elle a annoncé les dates de leur relation instantanément, sans hésiter. Je pense qu'il faut la croire et la relâcher.

— Commandante ? lance le commissaire.

— Oui, vous avez raison. Nous avons aussi trouvé des ressemblances entre cet assassinat et celui de Stéphane Barrer : l'arme et la tenue équivoque du conducteur. Je ne la sens pas assez calculatrice pour nous berner à ce point.

— Je m'occupe de sa sortie ? demande la brigadière major.

— Oui, merci.

Le commissaire souhaite les renseigner :

— Restez une minute, Véra ! Je dois vous informer. Au sujet du décès accidentel de Francine, j'ai contacté nos collègues de Narbonne qui viendront ici lundi prochain. D'après le commandant que j'ai eu au téléphone, le procureur devrait procéder à la réouverture de l'enquête. Maintenant, je ne connais pas les rapports que nous avons avec la police algérienne.

La brigadière major et le lieutenant se regardent et sourient.

— Voilà une bonne nouvelle ! estime Christelle Limière.

Elle consulte sa montre : 18 h 15.

— Nous allons en rester là pour aujourd'hui. Lundi, nous nous intéresserons à l'enquête de personnalité du couple Slimani. Bon dimanche à tous !

— Merci.

Véra Weber prend en charge la libération de Sarah.

§

À son bureau, lorsque les interrogatoires et les appels téléphoniques ont cessé, dans un grand silence, la commandante peut se concentrer.

L'enquête n'avance pas. Rien. Pas de garde à vue. Elle ne sait que faire ! Au bout de tout ce temps passé à chercher la meurtrière, aucune piste sérieuse se dessine et la question qui la hante est : « à qui profite le crime ? »

C'est probablement l'affaire la plus complexe qu'elle ait eu à résoudre. Elle est surtout compliquée et surprenante par le peu d'indices découverts sur les scènes de crime.

Elle pense que ces trois assassinats sont liés. Alors, elle prend une feuille vierge et un stylo, et énumère leurs caractéristiques communes :

- La même région,

- Beaucoup de ressemblances dans les modes opératoires,

- Des victimes qui ne se connaissent pas, qui appartiennent à la classe moyenne et qui sont loin d'être irréprochables,

- Des veuves qui ne semblent pas trop regretter leur époux décédé.

Telle est l'équation qu'elle doit résoudre !

La grande femme au long manteau de laine lui revient en mémoire.

Christelle Limière n'attend pas d'erreur de la meurtrière, remarquablement intelligente et organisée.

C'est le destin ou le hasard qui lui offrira une opportunité qu'elle devra être capable de saisir et d'exploiter.

Elle décide de ne plus ressasser ces enquêtes inachevées. Elle pense au dîner avec Émilie et se promet de ne pas lui montrer son désarroi.

§

Mais, ce soir, elle préfère dormir seule chez elle.

Cependant, vers 23 h 00, une fois de plus, sans pouvoir se contrôler, elle se remémore ses investigations et essaie de faire le tri entre le superflu et l'essentiel.

Elle ne trouve le sommeil que vers 2 h 00 du matin.

Chapitre XIX

Le dimanche 2 mars 2014, contrairement à beaucoup d'autres régions très pluvieuses dans l'hexagone, la douceur et le manque de précipitations font du Roussillon l'une des plus privilégiées.

Christelle Limière et Émilie Ingrat se sont promenées sur le front de mer à Collioure et ont déjeuné à l'excellent restaurant *Le Neptune*, dominant la Méditerranée et la baie.

La journaliste avait deviné les soucis professionnels de son amie et avait eu la délicatesse de ne pas aborder l'enquête en cours. Elle avait déjà constaté ces profondes inquiétudes lorsque ses investigations n'aboutissaient pas. Et devant sa gentillesse et ses sourires, à la fin de la journée, le regard de la policière s'était éclairci.

Aussi, le lendemain, le cœur léger, la commandante pénètre dans le bureau des enquêteurs le sourire aux lèvres.

Elle salue tout le monde et demande à Véra Weber et Jacques Louche de commencer l'enquête de personnalité sur le couple Slimani. Celle de Céline devrait les éclairer sur son degré de docilité et son caractère, et celle d'Omar sur son passé.

De son côté, Matthieu Trac relève les données de surveillance des portables et des balises sous les voitures des trois veuves. Son logiciel performant lui permet d'enregistrer les numéros et les appels reçus et envoyés de chaque téléphone mis sur écoute.

Sur son écran d'ordinateur, les trajets des trois véhicules, symbolisés par des couleurs différentes, montrent que seule Céline était restée à la maison, probablement pour profiter de sa petite fille. Les itinéraires d'Audrey et de Valérie ne s'étaient ni croisés ni même rapprochés.

À son bureau, Christelle Limière essaie encore de noter les points communs entre ces trois assassinats.

Roger Croussard vient la solliciter aux alentours de 10 h 00 et l'entraîne vers sa table de travail où l'attendent deux policiers de Narbonne. Elle renseigne les Audois sur les preuves accumulées concernant les versements d'Omar Slimani vers une banque d'Alger et le contenu de ses appels téléphoniques orageux avec une relation algérienne, que Matthieu avait d'ailleurs transcrit par écrit.

À 11 h 15, précipitamment, celui-ci frappe à la porte du bureau du commissaire et interpelle sa supérieure :

— Veuillez m'excuser ! Je viens de capter deux appels intéressants concernant notre enquête.

— J'arrive, dit-elle en se levant et en laissant les trois hommes seuls.

À la porte du bureau des enquêteurs, il s'explique :

— Je vais d'abord vous faire écouter une conversation provenant du portable d'Audrey Cate, que j'ai enregistrée.

Il appuie sur une touche de son magnétophone.

« — C'est moi, Antoine ! Je sais que tu es chez ton copain Lucas. Je passerai te prendre chez lui vers 16 h 00 et nous irons faire quelques achats dans une grande surface. Bisous. »

— Et l'autre de Céline Slimani qui parle à Denise, la nounou de sa fille :

« — J'aimerais que tu gardes Océane cet après-midi, car j'ai des courses à faire. À partir de 15 h 30, ça te convient ?

— Oui, je serai chez vous à cette heure-là. »

— Voilà, c'est tout ! Je m'inquiète peut-être pour rien, mais j'ai l'intuition que les deux veuves peuvent se rencontrer dans une grande surface.

Christelle Limière baisse la tête et réfléchit. Il a probablement raison. Quel risque avons-nous ? Aucun.

— Peux-tu demander à Kévin et à Nicolas s'ils sont libres en milieu d'après-midi pour une surveillance ?

Elle sait que les deux hommes du service filature entretiennent d'excellentes relations amicales avec Matthieu.

Le technicien décroche son poste fixe.

Kévin lâche le combiné et fait la demande à sa hiérarchie. Il reprend son téléphone dix secondes plus tard.

— C'est ok, dit-il.

Entre-temps, la policière s'était organisée et elle lui souffle :

— Rendez-vous ici à 15 h 15.

Matthieu répète l'heure du rendez-vous et raccroche.

§

À cette heure-là, Kévin et Nicolas poussent la porte du bureau des enquêteurs en souriant. Ils préfèrent être sur le terrain que dans les bureaux.

Christelle Limière, qui avait rendu compte au commissaire, leur résume la situation :

— Nous savons qu'Audrey Cate et Céline Slimani vont se rendre dans une grande surface, mais nous ignorons s'il s'agit de la même. Avec la balise sous la Clio d'Audrey, nous allons la suivre et nous aviserons sur place. Matthieu, prends ton ordinateur et les photographies des trois veuves ! On ne sait jamais.

— Bien entendu.

— Peux-tu aussi nous relier par radio tous les quatre ?

— Bien sûr. J'ai besoin de cinq minutes.

— Parfait. Voilà comment nous allons nous répartir le travail !

Mattieu les a déjà rencontrées et elles me connaissent.

Les deux suiveurs écoutent attentivement.

— Donc, nous partirons dans quelques minutes et nous suivrons la Clio blanche jusqu'à la grande surface. Nous saurons rapidement si les deux femmes convergent vers le même centre commercial, car Matthieu surveillera sur son ordinateur leurs balises de surveillance. Dès l'arrivée d'Audrey Cate dans la grande surface, Nicolas la suivra. Et Kévin pistera Céline Slimani, si besoin. Si vous apercevez aussi Valérie Barrer, j'aviserai. N'ayez pas peur de raconter ce que vous voyez ! À leur moindre contact, vous décrirez la personne, et aussi ses vêtements. Avec Matthieu, nous resterons dans la voiture. C'est clair pour tout le monde ?

— Oui, parfait, répond Nicolas.

— Voilà les photos ! dit-elle en tendant trois clichés à chacun. Étudiez leur visage pendant le trajet !

§

Dans la Citroën, sur les genoux de Matthieu, l'écran de son ordinateur portable montre une carte de la région où seulement deux points lumineux bougent.

— Attention, commandante, ralentissez ! Audrey Cate est à quelques centaines de mètres devant vous.

La conductrice lève le pied.

— Et Céline Slimani ?

— Elle s'approche d'un centre commercial à Argelès-sur-Mer.

Plus tard, les policiers ont le sourire : l'un après l'autre, les deux points lumineux sur l'écran se stabilisent sur l'immense parking de la grande surface. Christelle Limière repère la Clio blanche d'où descendent Antoine et sa mère. Ils se dirigent vers le parc des caddies.

« On les tient ! J'avais raison, pense le technicien. »

L'enquêtrice trouve une place plus loin, dans une autre allée.

Matthieu avait installé les micros, bien cachés sous leurs vêtements. Une oreillette transparente avait complété ce dispositif.

— Surtout, tenez-moi au courant !

Les deux pisteurs sortent du véhicule.

Nicolas suit à distance Audrey Cate, accompagnée d'Antoine. À ses côtés, Kévin repère l'adolescent.

Ce dernier met du temps à se manifester.

— J'ai trouvé Céline Slimani, lance-t-il au bout d'un trop long silence.

Dans la Citroën, la commandante et le technicien se regardent.

— Que fait-elle ? demande la femme.

— Elle feuillette un roman au rayon culture. Elle lit la quatrième de couverture et le colophon, et le pose dans son caddie.

De son côté, Nicolas surveille Audrey Cate et Antoine au rayon des promotions. La cliente regarde sa liste de temps en temps. À côté, son fils a l'air de s'ennuyer. Il lui parle à l'oreille. Elle secoue la tête et il s'éloigne. Nicolas le suit des yeux.

— Attention, Kévin ! Antoine arrive vers toi.

— Céline Slimani est en train de lire quelques lignes d'un autre roman. Voilà Antoine !

Afin de passer inaperçu, Kévin fait semblant de chercher un livre dans les nouveautés et guette les cibles du coin de l'œil. L'adolescent regarde les illustrations des mangas, juste derrière la veuve, qui a placé un deuxième roman dans son caddie.

Derrière Céline, le fils d'Audrey Cate saisit une autre illustration et la feuillette.

— Est-ce qu'ils se sont parlé ? demande Christelle Limière.

— Non, pas pour le moment, précise le suiveur.

— Où en es-tu, Nicolas ?

— Audrey Cate discute avec un garçon qui range les produits dans les rayons. Elle n'arrête pas de lui sourire. J'ai l'impression qu'elle le drague.

« Ça ne me surprend pas ! » valide la policière.

— Oh ! lance Kévin. Antoine s'est reculé et il a touché Céline Slimani, qui s'est retournée. Il s'est excusé et, actuellement, ils bavardent ensemble.

— Peux-tu comprendre ce qu'ils se disent ?

— Non, je suis trop loin, et me rapprocher serait dangereux.

La commandante pense à la vidéo de surveillance du magasin.

— Et toi, Nicolas, où en es-tu ?

— Audrey Cate a délaissé le jeune homme et parle avec une femme.

— Est-ce Valérie Barrer ?

— Non.

— Quel âge a cette inconnue ?

— À peu près le même âge qu'elle.

Soudain, une idée traverse son esprit :

— Décris-moi ses vêtements ! Qu'est-ce qu'elle porte ?

— Je suis trop loin d'elle. Attendez, je m'avance !

Un long silence s'installe. Dans la Citroën, Matthieu reste attentif au déroulement de cette surveillance.

— Un jean et un blouson.

— Elle est grande ?

— Oui, plus que sa voisine.

— Peux-tu la prendre en photo ?

— Non, ce n'est pas prudent. Elle risque de s'en apercevoir.

Christelle Limière réfléchit.

— Dans quel rayon sont-elles ? Que font-elles ?

— Au rayon vaisselle. Audrey Cate lui montre un grand couteau de cuisine.

Dans la voiture, le couple d'enquêteurs se dévisage. « Ce serait trop beau ! » pense la commandante, qui comprend qu'elle aura bien besoin de la vidéo de la sécurité.

Un temps de silence.

— Les deux femmes se séparent. Audrey Cate continue ses achats.

— Pareil pour Céline qui a laissé Antoine à ses revues.

Quinze minutes s'écoulent dans un silence pesant. Dans la voiture, le couple n'entend que les appels des haut-parleurs de la grande surface.

— Alors ? questionne Christelle Limière.

Nicolas répond le premier :

— La famille Cate est dans une file d'attente à une caisse. Audrey patiente en discutant avec son fiston.

— Je te vois, dit Kévin. Céline a choisi une autre caisse, à une dizaine de mètres. J'ai eu l'impression qu'à un moment donné leurs regards se sont croisés, mais personne n'a bougé.

Dans les écouteurs, les deux suiveurs entendent l'enquêtrice qui s'adresse à son voisin :

— Je vais faire un tour, émet-elle en quittant le véhicule. Tu prends ma place, Matthieu ! Je coupe mon micro.

— Heu... Oui.

Celui-ci la voit remonter le col de son blouson, ajuster sa casquette et mettre ses lunettes de soleil.

Vingt minutes s'écoulent. Nicolas intervient :

— Audrey et Antoine Cate se dirigent vers un petit couloir. Je les surveille. Tiens ! Ils s'arrêtent devant les toilettes des femmes. Le garçon reste dehors pour garder le caddie pendant que sa mère pousse la porte.

— Attention, Céline arrive ! lance Kévin. Elle s'arrête à côté d'Antoine, lui parle et il secoue la tête. Puis elle entre à son tour dans le local. Qu'est-ce qu'on fait, Mat ?

Le technicien regrette l'absence de sa supérieure.

— Heu... Vous ne pouvez pas y aller. Faites comme elles !

Plus tard, séparément, les deux pisteurs surveillent leur proie qui se dirige vers leur voiture.

Quand ils reviennent dans la Citroën, Christelle Limière n'est pas encore revenue. L'une après l'autre, les voitures des cibles quittent le parking.

Ils attendent cinq minutes en se demandant ce qu'il lui est arrivé.

Enfin, ils la voient s'approcher.

— Veuillez m'excuser ! J'avais une course à faire. Je manquais d'enveloppes.

Elle pose une petite poche en plastique à ses pieds.

— Nous reviendrons demain pour récupérer la vidéo de surveillance. C'est parfait, vous avez bien travaillé, complimente-t-elle. Rentrons au commissariat !

§

Dans les bureaux, la commandante constate que Véra Weber et Jacques Louche n'ont pas encore terminé leurs enquêtes de personnalité sur le couple Slimani.

Vers 18 h 00, elle rencontre Roger Croussard pour l'informer de cette traque dans le centre commercial et lui demande une commission rogatoire afin de bénéficier de la vidéo de surveillance du magasin.

Plus tard, Véra Weber et Jacques Louche arrivent enfin. Le lieutenant tient à l'informer :

— Nous n'avons pas terminé nos deux enquêtes de personnalité. Rien d'intéressant pour l'instant.

— Vous continuerez demain matin.

À sa table de travail, Christelle Limière repense à l'amie d'Audrey Cate, cette femme rencontrée dans les allées de la grande surface. Elle pourrait téléphoner à la veuve afin qu'elle lui donne son nom et ses coordonnées. Non. Elle préfère attendre la vidéo de surveillance. Elle procédera à une analyse de lecture labiale afin de savoir ce qu'elles se sont raconté.

Puis, elle cherche les coordonnées d'un expert acoustique assermenté. Elle lui téléphone et explique son besoin. Ils se rencontreront à son bureau de Perpignan demain matin.

Elle quitte le commissariat.

Chapitre XX

Le mardi 4 mars 2014, les précipitations évitent encore le Roussillon, mais redoublent ailleurs en France, notamment sur toute la façade ouest du pays.

Véra Weber et Jacques Louche pensent terminer leurs enquêtes de personnalité aux alentours de midi.

Christelle Limière et Matthieu Trac prennent la commission rogatoire auprès de l'adjoint du procureur et se dirigent vers le centre commercial d'Argelès-sur-Mer.

Le directeur de la grande surface, aimablement, les conduit au bureau des agents de sécurité où la commandante remet le document judiciaire et son disque dur à grande capacité.

Le couple de policiers patiente trois quarts d'heure devant un café et commente la filature de la veille.

Ils reviennent au commissariat en emportant la vidéo du magasin de la journée d'hier.

À son bureau, sur la demande de sa supérieure, le technicien se concentre d'abord sur l'amie d'Audrey Cate vêtue d'un jean et d'un blouson.

De son imprimante, il sort plusieurs photos du visage de celle-ci. Puis il rencontre l'enquêtrice :

— Je ne crois pas que ce soit elle, dit-il en posant les clichés de cette femme et celui de l'inconnue de la grande surface côte à côte.

Sur la photo de l'amie d'Audrey, la policière plaque sa main sur le haut de son visage pour ne laisser apparaître que ses lèvres et son menton.

— Ce n'est pas très ressemblant ! Contacte notre spécialiste en lecture labiale pour les dialogues entre Audrey Cate et cette femme, et entre Céline Slimani et Antoine.

— Ok, je m'en occupe.

Après son départ, Christelle Limière saisit son portable et son enregistreur. Elle quitte le commissariat et rend une visite à l'expert acoustique.

Dans le bureau du technicien spécialisé, qui ressemble à un studio d'enregistrement, elle lui explique l'urgence de son besoin et laisse son téléphone et son magnétophone. Il pense terminer ce travail en milieu d'après-midi.

Les événements se précipitent et ses pulsations cardiaques s'accélèrent subitement.

§

Vers 12 h 45, la commandante va déjeuner avec Matthieu qui lui fait partager sa joie d'être bientôt papa et aussi ses premiers soucis de recherche d'un appartement.

De retour au bureau des enquêteurs, le technicien lui remet les dialogues des lectures labiales qui avaient été déposés sur sa table de travail.

Ils découvrent les discussions entre Céline Slimani et Antoine d'une part, et entre Audrey Cate et son amie d'autre part. Mais ces échanges de politesse et ces conversations amicales n'apportent rien à l'enquête en cours.

Vers 15 h 00, Véra Weber et Jacques Louche pénètrent dans le bureau de Christelle Limière.

— Voilà, nous avons terminé, lance la brigadière major. Nos découvertes sur le passé d'Omar montrent bien son caractère, ses obsessions et son passé trouble.

— Très bien. Vous me ferez un rapport ?

— Bien sûr. Je le commence tout de suite.

§

En milieu d'après-midi, sur son poste fixe, la commandante reçoit un appel de l'expert acoustique assermenté : son travail est terminé.

— J'arrive, dit-elle.

Vingt minutes plus tard, dans son studio, l'acousticien lui fait écouter le fruit de son travail. Le résultat la bluffe. Elle pousse un grand cri de joie.

Elle n'avait pas imaginé que la technique de séparation des sons était aussi avancée.

Il lui rend son magnétophone et son portable.

Comme demandé, il tend aussi son rapport et un document attestant de son expertise auprès de la cour d'appel de Montpellier.

Elle le remercie chaleureusement.

La policière rentre au commissariat en chantant dans sa voiture.

§

À sa table de travail, l'enquêtrice procède à quelques vérifications, mais elle sait qu'elle a gagné.

Elle met sa tête dans ses mains et pleure, tant ce qu'elle vient de découvrir la remplit de joie. Des larmes d'allégresse. Comme celles de ces sportifs au bout d'une trop longue épreuve qui a demandé tant de sacrifices et d'effort !

L'euphorie la submerge et elle éprouve beaucoup de difficultés à descendre de son nuage.

À ce moment-là de son enquête, elle aurait pu lancer la célèbre réplique culte du commissaire Bourrel :

« Bon Dieu... mais c'est bien sûr ! »

L'opportunité s'est présentée et elle a su la saisir. L'intelligence est une chose, la sagacité en est une autre.

Durant presque une heure, pour préparer son intervention, elle noircit plusieurs feuilles, fouille dans ses dossiers, revient sur quelques rapports et comptes rendus : tout concorde.

Elle s'accorde une petite pause et inspire profondément. Ses nuits seront maintenant beaucoup moins agitées.

§

Il est près de 18 h 00 lorsque Christelle Limière provoque une réunion dans le bureau de Roger Croussard.

Elle attend qu'ils soient tous installés et déclare solennellement :

— Je sais qui a tué Stéphane Barrer, Robert Cate et Omar Slimani.

Des yeux interrogateurs la dévisagent, et pas un seul ne croit à une plaisanterie. Le commissaire est le premier à réagir :

— Vous pouvez nous expliquer ?

Elle présente son scénario, les preuves dont elle dispose, en oubliant volontairement la plus importante, celle qui, imagine-t-elle, va déclencher les aveux.

Elle détaille les actions, les précautions prises pour éviter les pièges des investigations et l'organisation des assassins. Tout coïncide parfaitement.

Sa voix tremble un peu et elle parle lentement afin de ne pas être envahie par l'émotion. Elle s'efforce de ne rien oublier.

Son discours dure trois quarts d'heure. Il est limpide et laisse peu de place aux remarques et aux discussions.

— Bravo commandante ! clame le commissaire.

Les autres policiers restent muets sous l'effet de la surprise.

— Mais nous devons encore effectuer quelques vérifications, procéder à des perquisitions et enregistrer des dépositions qui compléteront notre dossier. Il nous faut des aveux circonstanciés. Tout cela nous prendra sans doute deux jours. Je vous demande un silence absolu sur ce que vous venez d'entendre.

— Bien sûr ! Quand procéderons-nous aux arrestations ? questionne Jacques Louche.

— Lorsque nous aurons terminé les investigations qui nous restent. Probablement vendredi matin.

Elle regarde sa montre.

— À demain, lance-t-elle en se levant.

— Restez, commandante. J'aimerais vous parler !

Une fois la porte fermée, Roger Croussard, qui appréciait ses déductions discursives, semble sous le charme de ce qu'il vient d'entendre. D'une voix hésitante, il la félicite :

— Je ne sais que vous dire. Je vous complimente pour cette démonstration de vos talents d'enquêtrice. Vous avez cette faculté à vous mettre à la place des autres, à prévoir leur réaction. J'ai vraiment une grande chance de vous avoir dans mon équipe.

La voix de l'homme lui avait paru plus chancelante et plus rauque à la fin de ses dithyrambes. Il montrait une émotion qu'elle ne lui connaissait pas.

— Merci commissaire.

— Bonne soirée, commandante.

— Bonne soirée, commissaire.

Chapitre XXI

Les journées du mercredi 5 et jeudi 6 mars 2014 se sont déroulées comme Christelle Limière l'avait imaginé : les perquisitions, les vérifications et les dépositions lui avaient apporté les éléments manquants afin que les preuves ne soient plus testimoniales, mais irréfragables.

Aucune déconvenue pour contrarier ses spéculations. Toutes ses demandes et ses actions ont abouti logiquement, presque naturellement. Elles ont tout de même duré deux jours.

Quand, le jeudi soir, elle a présenté à son supérieur les dernières investigations, il l'a encore félicitée.

Aujourd'hui vendredi 7 mars, tous les policiers ont le sourire, car ils ont beaucoup œuvré afin que la commandante apporte sa touche finale.

Vers 7 h 15, elle pénètre dans le grand bureau des enquêteurs. Ils sont tous présents.

Elle répartit le travail de chacun :

— Actuellement, ce sont les vacances scolaires. Kévin et Nicolas viennent de me confirmer que les voitures des trois veuves sont devant leur domicile, et j'espère qu'elles ne sont pas parties en vacances. Comme prévu, le lieutenant, accompagné d'un agent, se rendra chez Valérie Barrer à Sorède et la ramènera ici. Vous attendrez 8 h 00, car une personne du service social prendra en charge Emma. Pas besoin de menottes. Il ne faut pas traumatiser l'enfant. Même opération pour Véra, Matthieu et un brigadier chez Audrey Cate à Laroque-des-Albères, où Antoine sera pris en charge en début de matinée. Nous allons gâcher ses vacances. De mon côté, avec un agent, je me rendrai chez Céline Slimani à

Saint-André, et les services sociaux s'occuperont d'Océane. Si vous avez un souci quelconque, appelez-moi ! Dès qu'elles arriveront ici, demandez-leur si elles souhaitent la présence d'un avocat ! Donc, rendez-vous ici dans une heure et demie environ.

Tous hochent la tête.

§

Aux alentours de 9 h 00, Céline Slimani, suivie de la commandante, s'installe dans une salle d'interrogatoire.

— Pourquoi suis-je ici ? demande la veuve.

— Mère Térésa Bajaxhiu, vous êtes accusée d'avoir commandité l'assassinat de Robert Cate.

À l'appel de son pseudonyme, la suspecte se raidit sur son siège. Manifestement, la surprise est totale.

— Je veux un avocat.

— Avez-vous votre portable ?

— Oui.

— Téléphonez-lui ! En général, les défenseurs sont assez réactifs.

— Je l'appelle.

Un gardien la remplace dans la pièce. Après la communication téléphonique, il la conduit dans une cellule.

Entre-temps, Matthieu Trac s'est installé dans une salle à proximité en compagnie d'Audrey Cate. Celle-ci essaie de savoir pourquoi elle a été conduite au commissariat.

C'est le moment que choisit Christelle Limière pour entrer dans la pièce.

— Pourquoi suis-je ici ? insiste la suspecte.

— Vous êtes accusée de l'assassinat de Stéphane Barrer.

— Ah !

La responsable immobilière garde un moment la bouche grande ouverte.

— Je veux prendre un avocat.

— Bien sûr. Nous allons vous rendre votre portable ! Tu viens Matthieu ?

— Oui, je vous suis.

Un gardien prend place dans la pièce.

Progressivement, les rendez-vous sont pris : le défenseur d'Audrey Cate viendra à 11 h 00 et celui de Céline Slimani à 16 h 00.

Dans une autre salle, quand Valérie Barrer demande à Jacques Louche pourquoi on l'a amenée au commissariat, l'homme répond :

— Vous êtes accusée de l'assassinat d'Omar Slimani. Prenez-vous un avocat ?

— Ah ! Oui, bien sûr.

— Vous pouvez téléphoner, si vous le souhaitez !

— Oui. Je le fais tout de suite.

À son bureau, Christelle Limière constate que les trois veuves ont été très étonnées. Elles s'imaginaient intouchables, protégées par un plan diabolique.

Vers 10 h 55, l'enquêtrice demande au commissaire s'il veut participer aux interrogatoires :

— Non, je dois m'absenter. Je sais que vous saurez vous débrouiller toute seule. Faites-vous tout de même assister !

— Bien sûr.

— Je serai de retour entre 16 h 00 et 17 h 00, précise l'homme.

§

La commandante rejoint le bureau des enquêteurs.

— Tu viens Véra ? demande-t-elle, tenant son dossier dans une main et son magnétophone dans l'autre.

— Bien sûr.

Dans la salle, les deux policières s'assoient en face d'Audrey Cate et de son jeune avocat. La suspecte paraît tranquille, impavide, comme apaisée, persuadée qu'elle ne craint rien. Son défenseur est vraiment jeune et son choix n'étonne pas Christelle Limière.

Celle-ci veut rapidement montrer ses atouts :

— Je vais vous raconter votre lente descente aux enfers. Commençons par votre rencontre avec Valérie Barrer aux réunions des parents d'élèves du Collège Pierre Mendès France de Saint-André, il y a deux ans environ, où vos enfants Emma et Antoine étaient scolarisés. Ayant le même âge, vous avez sympathisé et vous vous êtes souvent retrouvées à la piscine d'Argelès-sur-Mer. Là, vous vous racontiez vos malheurs, votre mari alcoolique d'un côté et l'époux volage de Valérie de l'autre.

La locutrice marque une pause. Pas pour se reposer ou réfléchir, mais pour étudier le comportement de la suspecte : aucun signe de nervosité sur son visage.

— Il y a quelques mois, à la piscine, vous avez fait la connaissance de Céline Slimani et de sa peur viscérale face à son mari assassin. Et vous vous êtes organisées toutes les trois.

— Mais tous ces faits ne sont pas des preuves ! remarque le jeune avocat.

Audrey Cate reste tranquille : sa participation au meurtre est improuvable.

— Ne soyez pas impatient, maître ! Donc voilà le trio constitué. Votre mission était de tuer Stéphane Barrer, le mari de Valérie, votre amie. Votre profession de responsable d'agence immobilière vous permettait de prendre du temps à n'importe quelle heure de la journée pour venir séduire le boucher dans la grande surface.

225

Devant la boucherie, nos enquêteurs ont beaucoup apprécié votre courte robe bleue moulante et sexy. Et Stéphane Barrer a succombé à vos avances. Vous l'avez entraîné un soir jusqu'à la tour Madeloc et vous l'avez poignardé dans sa voiture, après avoir laissé votre Clio blanche au col de Mollo.

La commandante constate que ce rôle de séductrice correspondait parfaitement à son tempérament. Quelques signes de nervosité apparaissent sur le visage de la suspecte.

— Attendez, il y a un problème, rétorque le défenseur. J'ai lu le dossier que vous nous avez préparé, et le fameux couteau n'appartient pas à ma cliente, mais au responsable de la boucherie.

Christelle Limière sourit :

— Sa femme a été entendue et elle a un alibi ce soir-là. Elle ne peut être mise en cause.

— Ah !

— Donc nous pensons que votre cliente a demandé à Stéphane Barrer de venir à ce rendez-vous avec le couperet de son chef, probablement en contrepartie d'une séance plus chaude.

Audrey Cate ne sourit plus et paraît pétrifiée.

— Avez-vous des justifications de ce que vous avancez ? questionne l'avocat.

— Bien sûr, maître. Ne vous inquiétez pas, elles arrivent !

— J'espère que vous avez autre chose que des preuves testimoniales ?

— Bien sûr. Donc, dans le magasin, sur cette minirobe bleue aguichante, vous portiez un long manteau de laine dont vous vous êtes débarrassé, probablement sur le conseil de Céline. Maintenant, je vais vous faire écouter une bande sonore.

À côté de la commandante, Véra Weber ouvre de grands yeux et fixe sa supérieure qui appuie sur un bouton de l'appareil :

« — Tu as vu, on les a bien eus ! Quand je me suis aperçu que tu te dirigeais vers les toilettes, j'ai compris. »

« Là, c'est Céline qui parle ! » précise la policière en aparté.

La suspecte n'a plus le même visage et ses yeux se remplissent de larmes. Elle sait que cette preuve est irréfutable.

La brigadière major comprend que cet important élément leur avait été caché en réunion mardi soir.

« — Bravo Céline, ton plan était parfait. »

« Là, c'est votre voix ! » souligne la commandante.

« — Faisons comme nous avons dit et tout se passera bien ! Séparons-nous pour ne pas éveiller les soupçons ! »

L'enquêtrice appuie sur un bouton de l'appareil.

Audrey Cate, la tête dans ses mains, pleure.

— Vous avez fait expertiser cette cassette par un acousticien assermenté ?

— Tout à fait, maître. Il est expert acoustique auprès de la cour d'appel de Montpellier depuis plusieurs années, et possède un bureau à Perpignan. Voilà d'ailleurs son rapport !

Dans son studio, le technicien avait forcé le son des voix des deux femmes et atténué les bruits environnants. Il avait obtenu une audition très nette du dialogue des deux veuves.

— Donc, Audrey Cate, vous reconnaissez les faits ?

— Oui, dit-elle dans un souffle. Vous aviez posé un micro dans les toilettes des femmes ?

— Vous ne pouviez vous rencontrer qu'à cet endroit. Souvenez-vous : sur la porte du dernier w.-c., j'avais inscrit sur une enveloppe « En panne – Fermé. » Mais j'étais à l'intérieur et je savais que, le croyant hors d'usage, vous viendriez à proximité pour vos confidences. Et j'ai activé la vidéo de mon portable.

Véra Weber, la bouche ouverte, fixe encore sa voisine.

Depuis un moment, l'avocat se tait, car il n'a plus d'argument.

— Aujourd'hui vendredi 7 mars 2014, à 11 h 44, nous vous inculpons de l'assassinat de Stéphane Barrer, avec préméditation.

La veuve, des larmes sur les joues, pose ses mains sur la table et montre ses yeux rougis.

— Je peux rester quelques minutes avec ma cliente ?

— Bien sûr, maître.

Les deux policières se lèvent. Christelle Limière appelle un gardien et lui explique la situation.

Dans le couloir qui mène à la salle des enquêteurs, la brigadière major lui glisse :

— Bravo commandante !

— Merci.

Plus tard, les aveux de la responsable immobilière feront l'objet d'une déclaration écrite qu'elle signera.

§

À son bureau, Christelle Limière reçoit un appel de l'avocat de Valérie Barrer. Il viendra à 14 h 00.

Aux alentours de 12 h 30, toute l'équipe déjeune ensemble. Ils sont tenus au courant de la confession d'Audrey Cate. Jacques Louche aura cette réflexion humoristique :

— On échange bien des maisons ou des voitures ! Pourquoi pas des assassinats ?

Au dessert, Christelle Limière se montre magnanime :

— Je n'oublie pas que vous avez tous votre part dans le résultat de cette enquête et je tiens à vous féliciter.

— Mais vous nous avez caché la preuve déterminante, celle qui entraîne les aveux ! avoue Véra.

— Ah ! Je comprends pourquoi vous vous êtes absentée à la fin de la filature dans le centre commercial, admet Matthieu.

— Il fallait bien que je vous réserve une surprise, à vous aussi ! justifie l'enquêtrice.

La discussion est détendue et chaleureuse.

En début d'après-midi, la commandante et le lieutenant pénètrent dans la salle d'interrogatoire où Valérie Barrer et son avocate sont déjà installées.

Si Audrey Cate avait montré une certaine désinvolture au début de son entretien, la secrétaire paraît beaucoup plus nerveuse face au couple de policiers.

La défenseure n'est plus toute jeune, mais elle possède le regard froid et déterminé d'une femme qui ne se laisse pas facilement impressionner.

Christelle Limière commence ses explications en parlant du lieu de rencontre avec la responsable immobilière, puis leur rendez-vous hebdomadaire à la piscine d'Argelès-sur-Mer où elles ont fait la connaissance de Céline Slimani. Et elle enchaîne :

— À titre d'information, votre amie Audrey Cate est passée aux aveux ce matin.

L'interviewée se redresse sur sa chaise et fixe sa vis-à-vis. Des clignements de paupières montrent une grande fébrilité.

— Votre poste de secrétaire commerciale au garage Audi vous a rapprochée d'Omar Slimani, votre client. Les termes utilisés par votre voisine de bureau sont assez explicites : drague sans retenue, grands sourires et prise de rendez-vous galants. Et vous avez entraîné Omar un soir sur le parking de la Vallée des Tortues.

— Ce ne sont pas des preuves suffisantes ! émet l'avocate.

Christelle Limière continue de développer ses arguments sans tenir compte de cette remarque.

— Avec la voiture de votre sœur Simone de Béziers, vous êtes venue sur le parking de la Vallée des Tortues le mardi 25 février vers 19 h 30, c'est-à-dire la veille de l'assassinat d'Omar Slimani, probablement en reconnaissance, car vous saviez que votre voiture transportait une balise de surveillance. Mais vous avez commis une erreur. Précédemment, vous aviez communiqué par téléphone avec votre sœur, vous avec le portable emprunté à Emma et Simone avec le sien. Nous avons retrouvé ces appels sur les téléphones, même s'ils ont été effacés. Simone a avoué sa participation hier après-midi. Elle est actuellement en garde à vue dans les locaux de la police de Béziers et est accusée de complicité.

La commandante fait une pause et constate que les yeux de la suspecte se voilent. Sa lèvre inférieure tremble un peu et une grimace déforme sa bouche.

— Sur les lieux du crime, nous n'avons pas trouvé le fameux couteau, mais nous avons découvert des traces de sang sur le tapis du siège passager de la voiture de Simone, à l'endroit où vous avez dû poser précipitamment l'arme du crime. L'équipe technique et scientifique de Béziers les compare actuellement au sang de la victime. Nous pensons donc que vous avez tué Omar Slimani, puisqu'il était votre cible désignée.

La défenseure reste la bouche ouverte, ne sachant que dire.

— Et votre amie Mathilde, que vous rencontriez régulièrement, est coiffeuse à temps partiel dans un grand salon de Perpignan, que fréquente Anna Esse. Vous l'avez sollicitée afin qu'elle donne à Audrey une mèche de cheveux de la femme du responsable de la boucherie, qu'elle a ensuite laissée sur le siège de la Scénic. Cela devait contribuer à mettre Anna Esse en prison à sa place. Alors ?

Valérie Barrer présente maintenant un visage exsangue et balbutie :

— Oui, c'est vrai !

Elle renifle, la tête posée sur ses genoux.

Le mercredi 26 février, en soirée, Emma était restée seule à la maison.

— Aujourd'hui vendredi 7 mars 2014, à 14 h 52, nous vous inculpons de l'assassinat d'Omar Slimani, avec préméditation.

Tous se lèvent, mais ne prennent pas la même direction. Valérie Barrer suit un gardien, et l'avocate est conduite à l'accueil par Jacques Louche. La policière rejoint son bureau.

Elle sait qu'avec les preuves irrécusables qu'elle détenait, les aveux pouvaient être facilement obtenus. Certains suspects nient les évidences jusqu'à leur procès. Même s'ils n'avouent pas et s'ils font appel, les jurés les condamnent quand même.

§

À l'heure prévue, la commandante pénètre dans la salle d'interrogatoire en compagnie du lieutenant.

Céline Slimani a choisi une jeune avocate blonde, cheveux en arrière, lunettes de vue à monture noire et regard perçant.

À côté d'elle, la suspecte montre ce visage fatigué et triste qui n'appartient qu'aux femmes soumises. Elle présente un teint cendreux. Quelles peuvent être les raisons de son asthénie ? Peut-être sa petite fille qui dormait peu les nuits, ou les réminiscences de la violence de son défunt mari ! Dans sa longue robe, elle paraît encore plus fluette et plus vulnérable.

Comme précédemment, Christelle Limière narre sa rencontre à la piscine d'Argelès-sur-Mer avec Audrey et Valérie. Elle continue :

— Mais vous avez été beaucoup plus futée que vos amies pour deux raisons. D'abord, vous avez tout organisé : les proies de chacune, leur comportement face à leur cible, les précautions qu'elles devaient prendre avec leur portable et leur voiture. Et les trois hommes se sont fait piéger à leur propre point faible : Stéphane et Omar et leur penchant pour les femmes, et Robert avec celui de l'alcool. Ensuite, vous avez convaincu et soudoyé Louis Crédule afin qu'il fasse le travail à votre place. Nous avons retrouvé les deux mille euros chez lui.

— Ce n'est pas une preuve ! intervient sa défenseure.

— Non, juste un constat. Les deux autres assassinats ont été commis par des personnes droitières, comme notre légiste l'a certifié. Et vous êtes gauchère, donc la répartition des objectifs a été facile à deviner.

— Ce ne sont que des preuves testimoniales et des conjectures sans fondement !

— Je sais, maître. Elles ne suffisent pas. Mais il faut que votre cliente comprenne que nous avons décortiqué l'organisation de ces trois assassinats. Les deux autres suspectes ont avoué et sont incarcérées.

Jusque-là sereine et calme, Céline Slimani dévoile une vilaine grimace et serre les poings.

— Tout cela, ce sont des suppositions, insiste la défenseure.

— Bien sûr, maître. Maintenant, je vais vous faire écouter un dialogue, propose la policière en appuyant sur un bouton de son enregistreur.

La conversation entre Audrey Cate et la suspecte dans les toilettes du centre commercial d'Argelès-sur-Mer défile. Quand sa cliente parle, l'avocate se tourne vers elle. Pour l'enquêtrice, cette attitude signifie : « Cette preuve va nous desservir. »

Avant que la défenseure pose la question, la commandante met sous ses yeux l'accréditation de l'expert acoustique.

— Reconnaissez-vous les faits ?

Pour la première fois, Céline Slimani, les larmes aux yeux, se tourne vers sa voisine qui secoue la tête.

— Oui, murmure-t-elle.

— Je sais que vous aviez peur d'Omar. À titre d'information, sachez que nous avons découvert des appels téléphoniques entre Omar et un complice algérien ! Des virements à une banque d'Alger prouvent son implication dans l'assassinat de Francine, sa première femme. Nous nous dirigeons vers une réouverture de l'enquête diligentée par la police de Narbonne. Nous avons aussi reçu un rapport de nos collègues de Bondy, en région parisienne, qui précise le passé de délinquant d'Omar. Et ça, je suppose que vous ne le saviez pas !

Un rictus apparaît sur le visage las de la suspecte qui secoue la tête en se tournant vers son avocate. Celle-ci place sa main sur celle de sa cliente, comme pour la rassurer. C'est un argument important qu'elle saura mettre en évidence pour amoindrir sa peine lors du procès.

Toutefois, Christelle Limière cherche une explication pour dissiper une zone d'ombre qui l'a longtemps gênée :

— D'où vous sont venues toutes ces idées pour éviter les pièges de nos investigations ?

— J'ai lu beaucoup de romans policiers.

La réouverture de l'enquête sur la mort de Francine l'a apaisée. La suspecte se confie :

— Je suis une lectrice assidue de ces romans et il y en a un qui m'a beaucoup inspirée, dans lequel deux hommes ont échangé le meurtre de leur femme.

— Non, madame, ce ne sont pas des meurtres, mais des assassinats car il y a préméditation. Il y a des auteurs qui ont beaucoup trop d'imagination.

La défenseure secoue la tête.

— Au regard des interrogatoires d'Audrey Cate et de Valérie Barrer, vos connaissances en la matière prouvent que vous êtes l'instigatrice de ces assassinats.

Aucune réponse. Christelle Limière sait qu'elle a raison. Le silence approbateur s'éternise.

Denise, la nounou, avait confirmé les gardes d'Océane durant ses visites chez Louis Crédule. La commandante a une pensée pour l'avocat de celui-ci : il va apprécier le dénouement de cette enquête.

— Et les longs manteaux en laine, c'étaient aussi des leurres ?

— Oui, il fallait vous entraîner vers d'autres pistes. Et je leur ai demandé de les jeter après leur utilisation.

— Donc, aujourd'hui vendredi 7 mars 2014, à 16 h 49, nous vous plaçons en examen pour avoir été l'instigatrice des assassinats de Stéphane Barrer, Robert Cate et Omar Slimani.

La suspecte est confiée à un gardien.

Dans le couloir, l'avocate blonde laisse passer Jacques Louche et retient l'enquêtrice :

— Même si je suis pour vous une antagoniste, je tiens à saluer vos compétences.

— Merci maître.

Le couple de policiers revient au bureau des enquêteurs. Dans le couloir, Jacques Louche se manifeste :

— Donc, plus de grande femme avec un long manteau de laine ?

— Non. Le destin nous teste. Il place quelquefois sur notre route des leurres. À nous de les éviter ! Vous lui ferez signer ses aveux, lieutenant ?

— Oui, je m'en occupe.

Dans la pièce, Roger Croussard est présent :

— Alors ? demande-t-il.

— Les trois veuves ont avoué, lance fièrement la commandante.

— Bravo ! félicite son supérieur.

— Merci commissaire. Demain, nous préparerons les dossiers que nous remettrons au juge.

— À propos, le procureur viendra tout à l'heure.

Christelle Limière retourne à son bureau. Elle appelle Émilie Ingrat et la convie au restaurant ce soir. Au son de sa voix enjouée, la journaliste comprend l'objet de cette invitation surprise.

§

Vers 18 h 00, accompagné de son fils, le procureur de la République de Perpignan prend le temps de saluer toute l'équipe du commissaire Croussard.

Le jeune homme le suit. Devant Christelle Limière, il marque un temps d'arrêt, tend sa main et incline légèrement la tête :

— Bonjour commandante Limière.

— Bonjour Jérémy.

Elle se souvient de son prénom et de son alacrité débordante. En juin 2012, l'étudiant avait participé à une enquête à Saint-Cyprien. « Il doit avoir 21 ans ! » calcule la policière.

— Vous vous connaissez ? demande son père.

— Oui, c'est une longue histoire, commente Jérémy, comme pour couper court à d'autres questions.

Puis, Roger Croussard demande le silence :

— Ce matin, j'ai reçu un appel du commissaire de Narbonne. Le procureur de cette ville a validé la réouverture d'une enquête judiciaire sur l'accident de Francine. Par la voie hiérarchique, le dossier va être transmis au ministère concerné, qui se mettra en rapport avec les autorités algériennes. Et le client de la banque qui a reçu les virements d'Omar sera identifié. Les enquêteurs vérifieront si son numéro de téléphone correspond à celui que Matthieu a repéré. Nous serons tenus au courant de la suite du dossier. Marie Talion vous remercie chaleureusement, notamment le couple de policiers qui l'a reçue. Et c'est...

— Véra et moi, avoue le lieutenant.

— Bravo et merci.

Puis le procureur prend la parole. Pendant quelques minutes, il fait l'éloge de Christelle Limière, de ses déductions sagaces, de son opiniâtreté à découvrir les assassins des enquêtes qui lui sont confiées.

Elle le remercie et associe à son succès toute son équipe d'enquêteurs. Elle insiste sur le rôle prépondérant du technicien Matthieu Trac.

Puis, le commissaire et le lieutenant s'absentent deux minutes. Ils reviennent, apportant une bouteille de champagne et des verres.

— Il faut fêter ça comme une victoire, lance Roger Croussard.

Les contenants sont distribués.

Quand Jérémy tend un verre à la brigadière major, celle-ci refuse poliment.

— Abstème ?

— Non, enceinte.

Les rires emplissent la pièce et tout le groupe la félicite. Puis le procureur demande le silence :

— Avant ce toast, j'aimerais ajouter une information. Roger Croussard a refusé un poste de commissaire principal à Toulouse.

Christelle Limière sait que le magistrat ne développe jamais de discours ampoulés.

— Pourquoi commissaire ? demande Jacques Louche.

— Notre hiérarchie ne fonctionne qu'avec des plans de carrière où l'ambition personnelle tient une place beaucoup trop importante à mes yeux. Cette vénalité me gêne. Ce ne sont pas mes valeurs. J'attache plus d'importance à la grandeur humaine qu'à ces aspirations individuelles. Et...

Il marque quelques secondes de silence et dévisage ses enquêteurs les uns après les autres.

Tous attendaient sa péroraison.

— Et... j'ai eu peur de vous regretter.

Durant la longue interruption qui suit, les policiers reconnaissent l'équité et l'humanité qui caractérisent leur responsable.

La commandante réagit la première :

— Merci commissaire de la confiance que vous nous accordez tous les jours !

Les visages sont marqués par tant de compliments et de sollicitude. Les yeux brillent. Le silence s'éternise.

Jérémy se tourne vers Véra :

— Et la relève est assurée !

Des sourires apparaissent.

Ce soir, Christelle Limière emmène Émilie Ingrat au restaurant *Le Clos des Lys*.

Le lendemain, sur *L'Indépendant*, l'article de la chroniqueuse sera le plus fouillé et le plus précis.

§

Bien sûr, Anna Esse sera disculpée et libérée huit jours plus tard.

Céline Slimani, l'instigatrice de ce triple assassinat, purgera plusieurs années de prison, même si ses mains ne sont pas souillées.

Christelle Limière repense à ses lectures et à cet auteur de romans policiers qui l'a inspirée.

Et si c'était lui,

LE VRAI COUPABLE ?

§§§

LEXIQUE

ENQUÊTEURS ET AUTRES

CROUSSARD Roger : commissaire de police de Perpignan. Ne pas confondre avec...

INGRAT Émilie : journaliste à *L'Indépendant*.

KÉVIN : suiveur dans la police nationale.

LIMIÈRE Christelle : commandante de police. Une fine « limière ».

LOUCHE Jacques : lieutenant de police. Un enquêteur heureux qui n'a rien d'un homme glauque.

NICOLAS : suiveur dans la police nationale.

TRAC Matthieu : technicien dans la police. Si vous citez le diminutif de son prénom et son nom, vous comprendrez que son destin était tout tracé.

WEBER Véra : brigadière major.

1re PARTIE

ARGOS Basile : directeur d'une grande surface et ancien guide de haute montagne. Ne pas confondre avec...

BARRER Stéphane : boucher dans une grande surface de Perpignan.

BARRER Valérie : femme de Stéphane BARRER. Secrétaire dans un garage.

ÉDITH : hôtesse de caisse dans une grande surface de Perpignan.

EMMA : fille du couple BARRER.

ESSE Anna : femme de Natan ESSE.

ESSE Natan : responsable du rayon boucherie dans une grande surface de Perpignan.

MATHILDE : amie de Valérie BARRER et coiffeuse à mi-temps dans un grand salon de Perpignan.

MYLÈNE : employée au rayon surgelé d'une grande surface de Perpignan.

PLACE Vanessa : responsable des relations humaines dans une grande surface de Perpignan.

SIMONE : sœur de Valérie BARRER.

SOPHIE : sœur de Vanessa PLACE. Pigiste à *L'Indépendant*.

2ᵉ PARTIE

ANTOINE : fils du couple CATE.

CATE Audrey : femme de Robert CATE. Directrice d'une agence immobilière au Boulou.

CATE Robert : directeur du matériel dans une société de bâtiment. Si vous citez le diminutif de son prénom et son nom, vous comprendrez pourquoi il travaille dans le bâtiment.

CRÉDULE Louis : plus naïf, ça n'existe pas.

LAPORTE Victor : directeur général de Vinfage.

PAULINE : amie courageuse de VALENTIN.

VALENTIN : le grand ami de PAULINE et le petit d'Audrey CATE.

3ᵉ PARTIE

FRANCINE : 1ʳᵉ femme d'Omar SLIMANI.

LIBAN Ludovic : gérant d'une société de comptabilité.

LIBAN Virginie : femme de Ludovic LIBAN.

SARAH : secrétaire dévouée d'Omar SLIMANI.

SLIMANI Céline : femme d'Omar SLIMANI.

SLIMANI Omar : directeur de la société *La Forêt Merveilleuse*.

TALION Marie : mère de Francine. Porte bien son nom.